# DESDE LOS CIMIENTOS

EL ASCENSO DEL PRÍNCIPE DEL MAL

**JORDÁN RIVERA CONTRERAS**

Reservados todos los derechos. No se permite la reproducción total o parcial de esta obra, ni su incorporación a un sistema informático, ni su transmisión en cualquier forma o por cualquier medio (electrónico, mecánico, fotocopia, grabación u otros) sin autorización previa y por escrito de los titulares del copyright. La infracción de dichos derechos puede constituir un delito contra la propiedad intelectual.

El contenido de esta obra es responsabilidad del autor y no refleja necesariamente las opiniones de la casa editora. Todos los textos e imágenes fueron proporcionados por el autor, quien es el único responsable sobre los derechos de los mismos.

Publicado por Ibukku
www.ibukku.com
Diseño y maquetación: Índigo Estudio Gráfico
Copyright © 2021 Jordán Rivera Contreras
ISBN Paperback: 978-1-68574-045-0
ISBN eBook: 978-1-68574-046-7

# Índice

| | |
|---|---|
| Dedicatoria | 5 |
| 1. El recuerdo de un mundo lejano, el vivir en la agonía | 7 |
| 2. Una sociedad alicaída y sumida en la más absoluta corrupción | 9 |
| 3. El castigo de la Tierra | 15 |
| 4. Un nuevo amanecer, la evolución de la sociedad | 21 |
| 5. El caso Emily y el despertar de los sumisos | 29 |
| 6. La aparición de los demonios alados | 33 |
| 7. Un guerrero llamado justicia, el único guerrero | 41 |
| 8. La era actual, año 2098 | 53 |
| 9. El ascenso del mal y del terror | 59 |
| 10. Un nuevo ataque con un sacrificio de sangre | 77 |
| 11. El bosque de fuego y el arrepentimiento | 87 |
| 12. Un lugar hermoso y esperanzador | 101 |
| 13. Liito será el mentor | 109 |
| 14. El mítico entrenamiento | 121 |
| 15. El conteo eterno | 125 |
| 16. La prueba de nadar es cada vez más extrema | 135 |
| 17. No decaigas gran guerrero | 137 |
| 18. Paliho pone a prueba la resistencia de Akhaill | 143 |
| 19. El árbol con las raíces de la humanidad | 149 |
| 20. Beelzebuth va por la lanza | 157 |

# Dedicatoria

Agradecer eternamente a nuestro Señor, a mi familia y por sobre todo a ti, madre, la persona más hermosa y pura que haya conocido. Alguien llena de gracia, bondad y espiritualidad. Si bien este relato contiene violencia, desastres e iniquidad y tu odiabas todo aquello, también contiene paz, esperanza y justicia, que son sinónimos de tu persona. Una guerrera indomable que jamás fue vencida y dio todo por los suyos. Podría escribir la novela más larga hablando solo de tus cualidades, pero solo puedo describirte en una palabra: Amor.

Te amaré por la eternidad y espero algún día ese ansiado reencuentro.

# 1. El recuerdo de un mundo lejano, el vivir en la agonía

Año 2093, el más sangriento y trágico en la historia de la humanidad. Aquel año, los habitantes de la Tierra fueron vorazmente atacados y devorados por demonios alados de una fuerza y crueldad implacables. Criaturas despiadadas, de un gran apetito, insaciables de sangre humana, devoradores de miedos y perpetuadores del dolor. Aunque estos seres aparecieron por primera vez en el año 2088, lo peor ocurrió en el año mencionado al comienzo, en que acabaron con las vidas de más de sesenta y cinco millones de personas que sucumbían ante el terror y la bestialidad de tan horrendos seres, que no tienen límites y sólo desean dos cosas: carne y sangre. La masacre del 2093 dejará una huella imborrable en los pensamientos y mentes de las personas.

En el primer día de su aparición provocaron gran destrucción y pavor, puesto que asesinaron a diez millones de personas. El ataque fue letal, cinco grandes ciudades fueron vorazmente atacadas y veían cómo el terror y el pánico se apoderaban de sus vidas, cómo cambiaba nuevamente la historia de la humanidad y se esfumaba en ese instante. Las bestias, con su gran magnitud, letalidad y dureza, acabaron con almas que poseían distintas formas de pensar y actuar, almas de todos los estratos sociales, almas de una sociedad alicaída, corrupta. Los seres humanos no estaban preparados para ese ataque tan voraz. El ataque lo perpetraron a las 19:16 del 05 de enero del 2088 en una tarde sombría y opacada por los disturbios entre los ciudadanos. Calles que enrojecían y resplandecían con el calor del fuego y las llamas, las ciudades ardían y desaparecían lentamente, producto de la guerra civil que ahondaba. Las ciudades más viles y misántropas conocieron la muerte más sangrienta y trágica de todas, debido a su egoísmo por la vida. Los demonios alados comenzaron a escribir su historia en la superficie, no sólo saciando su sed y hambre con sangre y carne, sino que llenando las mentes de las personas con imágenes y grabaciones verdaderamente de pánico colectivo.

Nadie sabe cómo llegaron o de dónde provienen, sólo se sabe que habitan en lo más profundo de la Tierra. Tienen un aspecto muy tétrico, su estatura supera a la de un hombre común, además sus alas duplican su tamaño, cubiertos con una especie de escaso pelaje negro con plomo y su piel es muy dura, hecha con el material más resistente que existe, el diamanto, mineral que se descubrió después del mega terremoto y es más duro y tenaz que el diamante, además su apariencia se asemeja a este último. Los expertos creen que este mineral se impregnó en las criaturas, que vivieron demasiado tiempo debajo de la Tierra, y se hizo parte de ellos. Esto ayuda a las bestias a protegerse de las enormes balas o proyectiles de las armas de los humanos que, si bien son molestas para ellos, no los destruyen. Las armas sólo son efectivas si la magnitud de estas es demasiado poderosa, pero los humanos están limitados a usar armas de gran intensidad.

Los habitantes de las ciudades perdidas se encontraban en enfrentamientos constantes, producto de los disturbios y la anarquía que se vivía en ese instante, además de contar con una vida que sólo entregaba dos opciones: tienes fichas o el dinero de esta época, o no tienes nada, tienes un empleo o no tienes nada. Sólo dos opciones para una vida injusta y miserable para algunos. La desigualdad social se volvió demasiado crítica y a nadie le importaba nada, la indiferencia se hacía sentir, pero aquellos que no hicieron distinciones fueron las bestias que, de no ser por acabar con vidas de una manera tan salvaje y cruel, se diría que fueron la salvación para muchos. Las muertes fueron muy horrendas, quedando varios registros audiovisuales. Las personas no creían lo que veían, no daban pie a lo que sus ojos presenciaban, jamás imaginaron ver algo así; jamás imaginaron sentir el terror. Las fuerzas de seguridad estaban atónitas al ver cómo los proyectiles rebotaban en la piel de estos seres, en la verdadera coraza que poseen las bestias. Fue en ese momento que los humanos despertaron de su letargo y comenzaron a organizarse. Toda vida era muy importante.

## 2. Una sociedad alicaída y sumida en la más absoluta corrupción

Décadas atrás, después del gran cataclismo en el año 2046, sólo quedó tierra habitable en cien puntos del planeta, sólo cien ciudades en pie y junto a ellas demasiada falta de agua y alimentos. Estas tierras son todo lo que hay y de aquí el ser humano comenzó a reestructurarse pensando en la sobrevivencia. La Tierra ya estaba casi inhabitable, reformándose en base a sus cimientos de miles de años. Las naciones reunidas en megatrópolis y metrópolis, son el apoyo del sistema de vida de las personas en el mundo entero, de las cien ciudades, veinte son megatrópolis, estas últimas son aquellas en las que viven entre cuarenta y cincuenta millones de personas y las metrópolis, que las habitan entre veinte a treinta millones.

Los habitantes de la Tierra y de las ciudades sobrevivientes decidieron adoptar un nuevo modelo social. Al principio este fue esperanzador, llegando a convertirse en una de las mejores civilizaciones que han existido, pero los poderosos adinerados, con su mente perversa y su codicia, fueron lentamente involucrando sus garras y haciendo desaparecer todo vestigio de humanidad entre las personas. No había espacio para pensamientos sanos, con sentido común, con cautela, sólo existían para la maldad. Las ciudades diabólicas dominaban con imparcialidad y aberrante placer, la humanidad ya no era como en antaño, en donde las masacres hacia otras personas eran mediante las guerras impuestas por los más poderosos, además de otros actos de bajeza, actos que llegaban a su fin gracias al poder de la gente, las personas unían sus corazones en un sólo idioma, terminaban con todo lo indigno y buscaban la justicia. El amor y generosidad de la gente lo era del todo para mantener la especie; de pronto aquello cambio drásticamente. Para mediados de la década del 80 del siglo 21, a las personas nada les importaba, sólo su propio bienestar y a ratos el de su familia, lo que ocurriese afuera no significaba nada, la libre impunidad de los adinerados por sobre los que no poseían lo material, personas muriendo de hambre y de sed en plena calle y a otro grabándolo con un celular holográfico compartiendo en vivo a sus usuarios. Ver sufrir, ver morir al prójimo y no ayudarles, y por encima de todo, disfrutar del dolor ajeno, es algo difícil de entender y nombrar, personas indolentes, vacías de emociones, de compasión. La ambición de algunos generó que los más vulnerables pagaran las consecuencias, entorpeciendo condiciones para adquirir alimentos y agua. El agua, muy esencial para sobrevivir, era la posesión de los más crueles. Además de gozar con la falta de necesidades vitales y de la extrema pobreza, algunos se alimentaban del dolor de los más débiles. Se observaban videos reales de asesinatos, violaciones, violencia extrema en las plataformas sociales; plataformas con diversos contenidos, incluso penados por la ley y lo mismo de siempre; sólo algo viral, algo cotidiano, algo real, la impunidad para el mal. Había un olor extraño, una pudrición del alma y del prójimo, pero más que aquello, era una sensación de vivir en una época como nunca antes vista o imaginada. La evolución del ser humano fue hacia lo peor, su comportamiento, su mente, su humanidad, fueron en descenso en las décadas de 70 y 80, después del gran cataclismo fueron nefastas.

Para el modelo social que impusieron los malignos poderosos, las personas de las ciudades más viles de esta época eran sólo partículas de un gobierno alterado que los amedrentaba a las posibilidades de otorgar fuentes laborales, y es que la libre competencia de las grandes organizaciones y empresas llevaron a adquirir mano de obra más barata, que pudiesen trabajar sin descanso, sin paga y por prolongadas horas; al referirnos a esta modalidad de trabajo, hablamos de robots y androides. Para el año 2055 la ciencia robótica había creado al primer androide-robot, casi humano que tenía la capacidad y destreza de moverse al ochenta por ciento en comparación de la movilidad humana, ya para fines del 2060 estos androides estaban disponibles con un cien por ciento de movilidad y destreza humana, además para la venta a las grandes organizaciones. La reducción de mano de obra humana, debido a lo mencionado, generó un desajuste globalizado de escasez laboral, lo que provocó automáticamente la baja de natalidad en el mundo. Cada vez quedaban menos niños en las calles, las personas eran controladas con su fertilidad y muchas mujeres decidían no tener hijos abortando o vendiendo. Les inculcaban a aquellas futuras madres, que los hijos son un gasto innecesario y que, si no tenían los recursos suficientes o no pertenecían a familias adineradas, no valía la pena traer un niño al mundo. Pero ¿acaso no hay algo más hermoso para muchas mujeres y padres, algo tan fuerte y lleno de energía que tener un hijo entre sus brazos?, ¿acaso no existe algo tan lleno de amor, esencia y magia que ser padres? Además, si la mujer decide o no ser madre es una decisión propia y no debe ser impuesta por un sistema disoluto y ambicioso. Muchas personas para las que aquello lo era todo, ahora lo había dejado de ser. Muchos creen que el amor verdadero de padres que había desaparecido en la sociedad, llegó acompañado de ese odio entre las personas y otros malos ingredientes que fueron sembrando una cultura equivocada en algunas ciudades. La familia se estaba desintegrando, el amor de padres se compraba y era muy común adquirir niños en venta por parte de ciudadanos influyentes adinerados a traficantes de niños o a personas en extrema pobreza, no teniendo estas últimas otra opción. Y no sólo estas acciones, sino demasiados actos de bajeza e irracionalidad que se fueron generando poco a poco, despertando a los más desposeídos. Existían personas bestiales de humanidad podrida, quedando impunes, producto de la justicia corrupta y vendida. La degeneración y bajeza sexual a cargo de las mal llamadas personas o ciudadanos inescrupulosos, seres inmundos, ovejas con apetito de lobo, ocupaban dinero e influencias para realizar sus actos que quedaban inmunes, actos grabados y expuestos al público como medio de prueba para ser condenados, pero tan sólo pagaban con una multa, sólo con una miserable multa y las pruebas por las redes. La verdad es que la justicia y sus jueces, no traspasaron los límites de la corrupción, sino que permitieron que el dinero y el poder los controlara en demasía.

Independientemente de los actos bestiales que cometían algunos, las personas en variadas ciudades, las más confusas, tenían actos carnales muy inusitados y preocupantes. La degeneración sexual y que a ratos era muy notoria y permitida por estas ciudades. La moral no existía como palabra, las personas estaban muy desorientadas en su conducta, ni siquiera se sabía qué era lo permitido. No se podía saber hasta dónde llegaría una sociedad con ese comportamiento. Las civilizaciones, en el transcurso de los años, han ido desarrollando un comportamiento con una sexualidad acorde y que debe estabilizarse entre la cordura, vergüenza y libertad. Las atrocidades sexuales vienen de tiempos en donde la esclavitud era el sustento para la depravación y que fue mermando, producto de la revelación de las personas dignas. Con el pasar de los años, las leyes impuestas y que mencionaban la honra y el respeto, fueron ayudando para acabar con los abusos, sobre todo en mujeres y niños, abusos que en esta época se encontraban impunes para aquellos que los descartaron de la sociedad. Además, las personas fueron perdiendo el respeto por la intimidad haciéndola pública en las redes sin sentir recato alguno. Por otra parte, a todo lo mencionado, existían actos derivados de una mentalidad frágil y que podían haber atentado incluso contra la reproducción humana, la *robofilía*. Esta enfermedad fue ganando un gran número de adeptos, que en el tiempo pasaron de ser personas de consumo secundario a principal, es decir, tener solamente deseos y amor para con las maquinas. El casamiento y convivencia de personas con roboandroides era normal e iba en aumento, se apreciaba a personas contrayendo matrimonio con sus robots sexuales, con la nula opción de procrear, sin siquiera haber estado antes con alguien de carne y hueso. Cuesta imaginar el límite de lo que puede conllevar consumir sexo con un cuerpo de metal, sin órganos vitales que dejan entrever lo que es un cuerpo real, una persona de piel, con alma y sentimientos. El comportamiento humano en estas ciudades era de notoria bajeza y confusión. Muchos líderes de ciudades no corruptas y leales con sus civiles, no compartían este modelo de vida y como los líderes de estas urbes llevaban el gobierno, de hecho, las redes sociales y demás medios de comunicación estaban bloqueados entre algunas ciudades en contenidos explícitos de violencia y sexualidad debido a lo mencionado.

En las metrópolis confusas había una división entre los ciudadanos, aquellos que viven dentro del perímetro de la ciudad y aquellos que habitan en los sitios o lugares fuera del radio urbano. Estas últimas son personas de extrema pobreza que moran en estos lugares. La justicia no existía para ellos, sin fuentes laborales, en donde el hambre y la sed eran la habitual compañía. Algunos ciudadanos despreciables hacían prácticamente lo que se les daba la gana con estas personas, eran pan de cada día el negar el agua y alimentos, la prostitución con intimidación, el tráfico de niños, asesinatos por placer. Entre los ciudadanos y los habitantes de los sitios había una guerra declarada, fue cuando unos ciudadanos bestiales violaron y asesinaron a una adolescente del sitio, grabaron y subieron a las redes su monstruosidad, sin pagar por lo sucedido. El señor dinero, como siempre, intercedió y salieron absueltos. Fue en esta ocasión que los habitantes de los sitios despertaron y en un acto de justicia emboscaron a los agresores dándoles la peor de las muertes. Aquí se declaró la guerra y se cobraron todo lo que los ciudadanos maliciosos les venían haciendo por años. Las personas más humildes ya no aguantaron más abusos y se rebelaron. Había ciudades en donde reinaba el caos, una verdadera utopía diabólica era la dominante. No se podía descifrar el actuar de las personas que como producto de esos actos de bajeza e injusticia, veían cómo lentamente, se iban sembrando la venganza y cólera entre ciudadanos.

Los constantes abusos eran de diversa índole, pero lo que más enojaba a las personas de los sitios era el tráfico de niños para ser hijos de los más ricos y poderosos. Hay algo paradójico que siempre ha ocurrido en el transcurso de la historia y es que las personas de mejor posición y crueles no puedan tener hijos y en los sitios procrean sin problemas. El tráfico y venta de niños era una manera de subsistir, arrancar de los brazos de una madre a un recién nacido era muy común o simplemente que la madre lo entregara sin ningún remordimiento por muchas fichas, se veía normal, algunas aún procrean para vender. En los sitios la vida era muy dura, muchos ciudadanos honrados estaban al tanto de las injusticias y atrocidades cometidas hacia las personas de los sitios, pero no podían hacer demasiado.

En el aspecto económico los ciudadanos trabajaban en lo que podían, aunque algunos y aún en la actualidad, disfrutan de buenos puestos con gran salario. Trabajos que les sirven para ir al centro mercado una o dos veces por semana, disfrutar de las maravillas tecnológicas y evitar la vida rutinaria que es y conocemos, obviamente que este tipo de trabajos era para personas profesionales o excelentes técnicos en; robótica, electricidad y otros. Las personas que no calificaban dentro de las competencias eran reemplazadas por androides o robots. La ciencia robótica abarcaba el sesenta y cinco por ciento de las actividades realizadas por las personas. La robótica llegó a transformarse en la fuerza laboral más grande de las industrias. Las personas de los sitios se adaptaron usando las redes sociales para generar dinero y ofrecer; comida, ropa, limpiezas, servicios de taxis más económicos, como *floxw, dimm*, entre otros, además de otros puestos de trabajo o formas de generar dinero y si el dinero no se encontraba, por ambas partes realizaban intercambios o trueques, inclusive en la actualidad. No existe demasiada tierra cultivable para generar alimentos, el poco de tierra buena que hay en las ciudades o lugares cercanos, era propiedad de las compañías grandes, además de los pozos acuíferos y así vendían a precios altos el agua, vegetales y frutas que se cosechaban, bueno eso hasta ese entonces, ya que se está reimplantando una nueva sociedad aboliendo la injusticia con los más débiles. En el aspecto económico, a pesar de la extrema cesantía y pobreza que existía, algunas personas se adecuaron y de esa manera sobrevivieron, además existen ciudadanos justos que proporcionan ayuda a los más necesitados. Obviamente la pobreza jamás pudo erradicarse y en las ciudades más vulnerables cientos de personas morían a diario producto del hambre y sed. En las ciudades más grandes y desarrolladas o megatrópolis, no existe demasiada pobreza e injusticia, estas ciudades tienen una forma de gobernar más altruista a diferencia de algunas más pequeñas y corruptas, llamadas metrópolis.

## 3. El castigo de la Tierra

Muchos años antes de que la civilización cambiara su modelo de vida y perdiera el control, ocurrió un hecho realmente impresionante, uno de tal magnitud que hizo cambios radicales en los cimientos de la Tierra, la humanidad y su sociedad. Este evento tan importante tuvo como principal actor al hombre y a su ambición, al ser humano y su indolencia por la vida, personas enemigas del medioambiente y que se sofocaban con el oxígeno. Los habitantes de la Tierra estaban acabando poco a poco con la naturaleza y el planeta, pero inconscientemente, no imaginaban que todo ese mal causado se devolverá y vivirán el terror y la furia del planeta Tierra.

La contaminación constante que se venía realizando a través de los años, fue deteriorando las entrañas de la Tierra. Desde la revolución industrial, pasando por las guerras que fueron ocurriendo en cada época, la Tierra comenzó a enfermar. El desarrollo de los países y las ciudades se llevaba a cabo sacrificando al planeta, sin mencionar además a las personas comunes que demostraban una cultura cada vez más equívoca con el planeta y el ecosistema cuando lo contaminaban. Así, con el transcurso de los años, las grandes emanaciones de gases contaminantes, desechos, basura, deforestación, depredación, fueron factores esenciales para que la Tierra comenzara a experimentar cambios en sus cimientos. Uno de los más significativos fue el del calentamiento global provocado por los agentes contaminantes de los gases que liberaban las grandes industrias. A su vez, estos gases y la constante contaminación provocaron la desaparición total de la capa de ozono en la década del 40 del siglo 21, lo que generó que el sol y sus rayos ultravioleta traspasaran directamente la superficie terrestre, calentándola significativamente. Los impactos ambientales mencionados generaron que los hielos de los polos perdieran un cuarenta por ciento de su masa hídrica. La Tierra fue disminuyendo sus áreas y

15

las del agua dulce, aumentando el caudal de los océanos. Para los más justos, ese porcentaje debió haber sido el doble y que la Tierra se hubiese cubierto por completo de agua. Aunque ello significaría su propia destrucción. En efecto, millones de animales y extensa vegetación desaparecieron por esta injusticia y negligencia humana, además, millones de personas inocentes perecieron por culpa de la nula acción de los políticos o bestias corruptas y la no imposición de leyes a las industrias. La radiación solar provocó en los seres humanos un aumento significativo de cáncer en la piel, conllevando a desfiguraciones y en algunos casos, mutilaciones, generando un cambio genético en la piel de los afectados. La vida de las personas había cambiado radicalmente en las últimas décadas, poco a poco se iban adecuando a su nueva forma de vivir. Las naciones tuvieron que tomar medidas extremas para la protección solar. Las personas y muchos seres vivos debían estar permanentemente bajo las sombras, ya que los rayos eran demasiado intensos durante el día y expuesto al sol, las gafas oscuras eran una obligación. La resequedad de los suelos provocó la infertilidad de estos, sumado a la constante escasez de agua dulce para consumo y riego. Las naciones unidas en conciliación y conversación de los temas ambientales extremos, decidieron actuar rápidamente. Había una apuesta importante y el principal tema sobre el tapete era la reducción de todo tipo de agentes contaminantes en su casi totalidad y se logró un acuerdo histórico, sin precedentes. Las grandes industrias debieron bajar sus niveles de contaminación a cero por dos años y en ese tiempo, implementar mejoras para reducirla en un noventa por ciento.

Posterior al histórico acuerdo se produjo la guerra mundial por el agua. La Tierra no volvió a ser la misma, ya venía tambaleante, adolorida, seca, perdiendo el alma. La guerra, si bien no duró mucho, fue de tamaña magnitud e intensidad, que actuaron el veinticinco por ciento de las naciones del mundo reunidas en diferentes latitudes. La descarga de material de destrucción fue letal, se estuvo a punto de una devastación mundial. Ahora, recién percatándose de que el agua es vida y debían cuidarla de antemano, cuando la contaminaban a destajo, donde vertían toda su mierda de desechos a ésta sin importar lo que se vendría. Las mismas grandes compañías y personas que se acostumbraron a tener como basurero al mundo, pedían agua. La sed que sentían era por miedo y necesidad. Ante este escenario, el agua dulce fue remplazada por la marina, las personas comenzaron a enfermar, ya que en algunas partes se consumía agua de mar desalinizada y las grandes tecnologías no pudieron aplacar la necesidad de otorgar las propiedades que entrega el agua dulce. Las enfermedades que más aumentaron para los seres humanos fueron las de cáncer en la piel y el estómago, producto de la escasez de agua dulce y alimentos que cada vez eran más dañinos. La contaminación no había hecho diferencias y pagaban todos, la Tierra inocentemente y el humano por su error. Después del 2035 el agua dulce se redujo en un cuarenta por ciento, de este modo la obtención del vital elemento ya no era por poder, sino por sobrevivencia. La guerra comenzó el año 2043, grandes descargas de material explosivo y de odio hicieron que la Tierra mandara sus últimos gritos de socorro, dolor y tristeza. Ya le quedaba poco, su muerte se aproximaba, la Tierra daba sus últimos gemidos, pero almas conscientes, con ganas de vivir, de un corazón bueno y enorme y las demás naciones que no participaron, lograron impedir la destrucción masiva y tal vez total, ya que siete países participantes del evento se destruyeron entre sí producto del lanzamiento de bombas nucleares, un desastre de magnitudes catastróficas y de una eventual extinción. Ante este hecho, los humanos exigieron el término inmediato de la guerra, que alcanzó a durar ocho meses logrando impedir la extinción de todo.

La guerra terminó, millones murieron, hay que levantarse, darse una nueva oportunidad, las personas deben entrar en razón y tratar de salir adelante, demostrar que no son salvajes como ellos mismos se conocen, además de qué sirve tener raciocinio propio y una mayor inteligencia en comparación a las demás especies, si se usan para destruir.

Antes y durante la guerra, las personas sufrían por culpa de sus actos y negligencia, la cual acabó con la teoría de los constantes movimientos del planeta, movimientos de grandes características que alertaban a los expertos. Los temblores fueron prácticamente todos los días, producto del debilitamiento en la corteza del planeta, debido a lo mencionado anteriormente se produjeron terremotos en lugares que nunca habían ocurrido, incluso actuando dos veces en el mismo terreno en menos de veinticuatro horas. Todo lo que estaba sucediendo era una leve muestra de lo que se vendría. En los años en los que la capa protectora estaba completamente agotada y posterior a la guerra, ocurrió un evento de gran energía, uno que abrió las llagas de los suelos y demostró al hombre el verdadero poder de destrucción que puede adquirir el planeta si se lo propone. Este evento produjo un cambio en la estructura de las naciones que se vieron afectadas y en los llamados «poderosos» o sombras del dinero, quienes pudieron comprobar quién tiene más poder: la Tierra. El mega terremoto ocurrió el 21 de abril de 2046, tan sólo tres años después de la guerra por el agua y tuvo una magnitud de 13,8 grados en la escala de Richter, con epicentro en el océano, en la base de «la gran falla», falla que atraviesa la mitad de la Tierra.

Debemos mencionar que los mayores cataclismos registrados no superaron los 10 grados y los especialistas siempre mencionaban que si hubiese uno que superara esa cifra sería apocalíptico, por lo tanto, se puede dimensionar lo que provocó la real magnitud de uno de 13,8 grados. Éste tan magno evento, afectó prácticamente a todas las naciones del mundo, naciones que sufrieron el empalme de las masas y naciones que se inundaron producto de los tsunamis provocados por el maremoto de gran magnitud, además del cambio de forma de la Tierra en diversos puntos. Numerosas ciudades costeras quedaron inundadas por completo sin que el mar retrocediera. Tamaña tragedia provocó la muerte y desaparición de la mitad de la población mundial. Olas de gran tamaño arrasaban con todo a su paso, suelos abriéndose hacia el abismo tragándose ciudades enteras, volcanes despertando después de un prolongado letargo devorando insaciablemente con sus llamas, montañas quebrándose como frágil cristal, destrucción y muerte era la consigna. Los humanos jamás imaginaron vivir algo así, el nivel de destrucción se comparaba a los grandes *best seller* escritos sobre desastres y tragedias naturales.

El debilitamiento de las cortezas y la guerra por el agua fueron el detonante y contribuyeron a activar la gran falla. Ésta no había sido descubierta, puesto que pasa muy por debajo de la Tierra, a unos cien kilómetros y cubre más de la mitad de la superficie de la misma. Tomará años reconstruir la Tierra, y la mentalidad del ser humano debe evolucionar para bien de una vez por todas. La destrucción que había ocurrido parece suficiente para amedrentar a cualquiera.

## 4. Un nuevo amanecer, la evolución de la sociedad

Después del desastre, los humanos sobrevivientes comenzaron a adoptar una nueva forma de vida. Los gobiernos y las banderas de los países habían desaparecido. La política que dominó por siglos con su corrupción fue abolida, ya que antes del 13-8 estaban legislando a favor de los malignos poderosos como marionetas y la gente cada vez más comprometida por la ambición y avaricia de estos grupos, que cada vez tenían más riquezas, impunidad y manipulación. Se apoderaron de casi la totalidad de las redes y medios de comunicación controlando y sometiendo a las masas; hicieron desaparecer a personas que se manifestaban por las plataformas y que intentaban despertar las mentes, querían callar a toda costa a los «revoltosos», como les llamaron. Algunos los inculpaban de crímenes que nunca cometieron, amparándose en jueces y políticos de baja reputación, en donde se destacaba la violación, para que así los inculpados inocentes pagaran cruelmente en la cárcel. Los malditos poderosos no tenían límites. Al darse cuenta de lo que estaban haciendo, las personas pedían por el término de la política y de estos grupos económicos, exigiendo sus derechos, los cuales eran vulnerados y reprimidos. Las personas en el mundo se volvieron un problema para los grandes grupos económicos y para los gobiernos corruptos, estos últimos vieron su fin gracias al castigo de la Tierra.

Como sólo quedaron algunas ciudades en pie, éstas las transformaron en un nuevo modelo social y fueron concentradas y habitadas cada vez más por muchas personas. Para el nuevo comienzo de la civilización, los seres humanos acordaron no creer en nada y guardar sin acceso público todo registro histórico de lo que fuera. Creencias, mitologías, leyendas, la historia completa de la humanidad y sus distintas civilizaciones quedaron archivadas. Querían comenzar de nuevo y ello implicaba no mirar atrás, ni siquiera su descendencia y apellidos, utilizar dos nombres o sólo uno. Su clero y arraigo ya no eran parte ni siquiera de la curiosidad, además la Tierra estaba tan destruida, que buscar vestigios de civilizaciones o criaturas antiguas sería en vano, ya no estaban los rastros, el hombre debía olvidar el pasado. Sólo algunos documentos y ciertos personajes históricos quedaron en las bibliotecas para acceso público, en las ciudades se proyectan algunos nombres y fechas importantes, pero se debe mencionar que el único registro con el que cuentan las personas, que usan a diario y aman con todas sus fuerzas, es la música, escuchan sólo música desde los clásicos de Europa en la época del clasicismo, hasta la última etapa de relativa tranquilidad mundial. La música es la vida para los humanos, además, practican variados deportes que estaban presentes antes del cataclismo.

Las ciudades son gobernadas por un líder anciano y un grupo de asesores. Las ciudades que alcanzaron una amplia extensión de terreno y número de habitantes, son llamadas megatrópolis, las ciudades de menor tamaño y habitantes son llamadas metrópolis. Las personas adoptaron un modelo más futurista de comportamiento y de inteligencia, se dieron cuenta de que el dinero, el poder y la ambición de algunos, perjudican a millones. Para este nuevo modelo de vida decidieron continuar con la tecnología que es cada vez más asombrosa y rápida, los parámetros tecnológicos parecen no tener límites. Para la década del 50 los celulares eran en su totalidad holográficos, con la tecnología para reflejar en el aparato una imagen de las personas con que se comunican en un radio algo más grande que el del teléfono, con cámaras en 3D, además estos aparatos son satelitales, conectados directamente con el Apollo, el nombre del único mega satélite y que es utilizado por todo el mundo. Construido post cataclismo, es del tamaño de la luna. El Apollo es un centro de trabajo en el espacio, desde allí se maneja la información de todo sistema; personas, instituciones, empresas, es decir, todos. El Apollo tiene un apoyo de ciento ochenta mil personas en total, para trabajar divididas en turnos. Las primeras noventa mil se encuentran treinta días en el espacio y luego treinta en la Tierra, y así con las que siguen. Además, están apoyadas por cinco mil roboandroides. Esta gran base es considerada una de las ocho maravillas del universo, este avance tecnológico es el que mayor credibilidad y confianza devolvió a las personas. La unión de las ciudades terminó con este verdadero himno de paz: «El Apollo un titán en tierra de titanes, el orgullo de la Tierra en el espacio»; es una verdadera obra maestra de los humanos para mostrársela al universo. Desde la Tierra, los humanos poseen una vista privilegiada y maravillosa de esta magnífica estrella artificial. El Apollo, además, tiene la importante misión de obstruir en un gran porcentaje los potentes rayos ultravioleta dirigidos por el sol. Afortunadamente la ciencia logró evitar mayores daños, gracias a la ayuda del Apollo y a la recuperación de la capa, campaña que se inició antes de la guerra, pero no logró concretarse del todo, posterior al cataclismo se reinició ésta, dejando a la capa en una recuperación de un cincuenta por ciento para el año 2057 y de mantenerse esta línea, se espera que esté completamente recuperada para finales del 2090. Toda la tecnología post cataclismo es tecnología cien por ciento verde.

La tecnología se encuentra en una era realmente avanzada, los automóviles gravitan los suelos, motos, incluso trolebuses, pueden flotar con la tecnología del imán que los controla, las calles en donde circulan son de imán, estas les dan una autonomía a los vehículos por encima del suelo, los vehículos tienen una tecnología de tal forma en seguridad, que si colisionan a gran velocidad sólo se daña su estructura, debido al absorbedor de impactos y en su interior cubiertos con ultra espuma; una tecnología muy bien utilizada, pero que en otras ocasiones no, ya que se cometen acciones imprudentes para aparentar o presumir y que es severamente sancionado si se descubre una colisión con dolo. Los más jóvenes usan motos o bicicletas que levitan por los suelos, son de mucha ventaja para movilizarse y a la vez generan gran adrenalina. Otra tecnología de punta son los real-visores ultra holográficos llamados así en reemplazo de los televisores, incorporados con pantallas holográficas del tamaño real de lo que sea; tamaño de una persona, un animal, cualquier cosa, realmente ver un concierto, un partido de futbol, tenis o basquetbol es algo único, demasiado real, una pelea de box, UFC, cualquier actividad de la que seas admirador la puedes ver demasiado viva en estos real-visores, son de la última gama tecnológica hechos post cataclismo. Cascos de realidad virtual que no necesitan un espacio amplio para ser utilizados. En fin, una cantidad de cosas y utilidades impresionantes que aportan al desarrollo tecnológico en las ciudades y a las personas y que son de ayuda para el entretenimiento humano debido al constante trabajo que realizaban, aún en la actualidad, para reparar las ciudades que sobrevivieron y organizar el nuevo mundo que comienza. Las maravillas tecnológicas son de gran ayuda y placer para la humanidad, pero sin lugar a duda uno de los desarrollos más significativos es el de las ciudades inteligentes; se puede obtener información en cualquier lugar de la calle, información digitalizada, en postes de alumbrado, paraderos, paredes y muros, además se proyectan imágenes holográficas de animales, personajes históricos y que se llevan a cabo como intervenciones culturales. Las ciudades cuentan con iluminación cien por ciento natural con colores que de verdad hacen parecer que éstas viven, con calles inteligentes, suelos de colores y roboandroides salvaguardando la seguridad, además las ciudades, casas y edificios están implementados con tecnología que reutiliza el agua como punto primordial y que cuentan con energía limpia. Para el 2055, Visionaria fue la primera megatrópolis en adquirir toda esta tecnología.

Para los años posteriores al cataclismo, la humanidad comenzó a experimentar todo este cambio tecnológico, pero un error significativo fue la fabricación de roboandroides como apoyo, apoyo que finalmente terminó por perjudicar a la sociedad. Poco a poco fue subiendo la cesantía y la delincuencia estaba bastante al alza en algunas ciudades, debido a la pobreza dejada por la falta de ocupación reemplazada por inteligencia artificial. Las Cosmopolitan no estaban restringidas, pero no se debe explicar que pertenecían a familias adineradas por el estilo demasiado consumista y poco altruista. Grupos económicos que fueron renaciendo con ambición y tiranía, aún peores que en antaño. La verdad es que la tecnología tenía a algunos realmente fascinados, pero a otros los fue apartando de la sociedad que conocían, el apoyo tecnológico sólo era para la mitad, la otra debía asumir las consecuencias.

Muchos se movilizaron en contra de este sistema que los hacía padecer hambre y sed, ya que, poco a poco los codiciosos fueron apoderándose de la escasa agua y alimentos que fueron quedando.

Las industrias y sus cientos de abogados alegaban que es su libre elección, tener máquinas en vez de mano de obra humana, estaban en su derecho, pero las personas se defendían aludiendo que después de la guerra se firmó el tratado de sobrevivencia, en el cual uno de los puntos fue que las naciones debían legislar en favor de las personas por sobre las máquinas y que las empresas sólo debían contar con un veinte por ciento de mano de obra robótica. Está muy claro que esa cifra se fue adulterando y las grandes compañías cada vez aumentaban su número de máquinas y disminuían el de las personas, las consecuencias se fueron notando negativamente y las ciudades naciones debieron solucionar urgentemente el problema. Las urbes y el consejo tomaron en cuenta el asunto prioritariamente, ya que, en algunas, la situación se volvió crítica llegando la desigualdad y aumentando los delitos y violencia en cifras extremas. Hay que mencionar que se debe ser objetivo y señalar que en muchas ciudades, aún en la actualidad se respeta el acuerdo de sobrevivencia. Muchas ciudades, entre metrópolis y megatrópolis se sumaron a buscar que las ciudades que no cumplan y/o cumpliesen el tratado, debían ser sancionadas y así no decaer en la antigua civilización que los llevó a la casi extinción. El pensamiento y la acción desleal con el prójimo, debían cambiarse, no permitir más la acción de avaricia, sumado a la fuente del poder de gobernar sobre otros; esta acción sirvió y tuvo un cambio significativo. En el año 2064 se firmó un nuevo tratado de sobrevivencia llamado «El Definitivo», en este tratado, y que es la extensión del primero, se acordó que debido a la escasez de agua, los altos índices de cesantía, delincuencia y desigualdad entre habitantes, las ciudades deben velar por los derechos y la dignidad de las personas y respetar todo lo pactado en el documento, entre los principales artículos, destacan:

—El agua es un bien esencial y vital, ninguna persona en el mundo debe desperdiciarla, ni padecerla.

—Se debe priorizar la vida y la salud de las personas.

—Las ciudades deben velar por la seguridad de cada habitante.

—Las empresas deben contar con hasta un 20 por ciento de mano de obra robótica.

—Los particulares y/o empresas deben entregar veinticinco por ciento de impuesto a la ciudad o ciudades, treinta por ciento por gasto en insumos y recursos, treinta y cinco por ciento por gasto en salarios y diez por ciento como ganancia.

Esto último para no crear grupos poderosos adinerados, como ocurrió antiguamente y generar respeto, igualdad y dignidad entre las personas.

—Ciudad que no respete el acuerdo será sancionada drásticamente, incluso con la desactivación de sus coordenadas con el Apollo, por lo tanto, saben de la magnitud de la desactivación y que sería fatal para el desarrollo de la misma.

—Cada ciudad estará supervisada por una comitiva en donde estas personas informarán del cumplimiento del pacto entre las ciudades.

Los ciudadanos estaban muy conformes con lo estipulado, en donde nuevamente tuvo que imperar la cordura y la acción drástica, debido a la inconsciencia e injusticia que se estaba llevando a cabo en algunas ciudades y del cambio social que se había propuesto con el tratado El Definitivo y con él llegando muchos años de paz y de una convivencia de ensueño en el ser humano, donde no existía violencia, injusticia, muertes, en donde la utopía del paraíso terrenal fue un sueño real. Muchos años sin conocer la desgracia ajena y propia, el comportamiento humano parecía razonar, los habitantes de la Tierra volaban sobre ella y junto con una tecnología que favorecía a todos, parecían aves libres y despreocupadas, aves en armonía el uno con el otro, en donde la necesidad material jugó un rol fundamental y al no faltar nada, los humanos se veían como altruistas en su máxima expresión, ni siquiera las grandes civilizaciones habían conseguido algo similar, fueron años dorados de un comportamiento acorde a la evolución y a la cordura filantrópica de ensueño que estaba presente.

Con el pasar de los años nuevamente fue cambiando todo, el hombre poco a poco volvió a su mentalidad y acción de destrucción, en donde los asesinatos sin sentido comenzaron a conocerse, en donde los grandes empresarios comenzaron a abusar y la comisión investigadora corrompiéndose sin informar de los abusos, grandes líderes de paz fueron asesinados y reemplazados por indignos. La Tierra volvía a estar sumida en la corrupción total, sin espacio para pensamientos puros, buenos, con sentido común. Todo el comportamiento equívoco de las personas mencionado al principio del relato, se debió a la anarquía de éstas en las ciudades de mayor desigualdad, éstas se dividieron entre ciudadanos y sitios. Nuevamente los poderosos malignos, con su ambición y codicia, las que parecen la peor de las drogas, fueron el factor principal para el desajuste en la sociedad, adueñándose de los recursos y del agua dulce. El abuso y la falta de respeto de la normativa avalados por las ciudades y sus representantes realmente viles, terminaron con la división de las ciudades en las que algunos usaban el dinero o fichas y otros el trueque. El odio comenzó a brotar entre las personas y la división generaba comportamientos de maldad; los más adinerados mataban y abusaban de mujeres y niños de los sitios sin justicia, en donde todo se solucionaba con dinero para abogados sin ética, jueces desleales y la impunidad volvía a ser una realidad. La gente de los sitios comenzaron a reclamar su sangre y serios enfrentamientos se veían a diario, las personas estaban completamente divididas en estas naciones de ciudades viciosas, es por esta misma razón que en la década del 80 el comportamiento de los civiles cambió y la sociedad los estigmatizó dejándolos fuera de su lógica. Para esta década, estos mal llamados gobiernos sumaron sólo decepciones entre las personas, el desempleo llegó a algunas ciudades hasta en un ochenta por ciento de desocupación, lo que provocó la desestabilización casi total. La guerra civil rondaba en estos estados reunificados post cataclismo, guerra civil que fácilmente pudo transformarse en guerra global. Muchos huían a las ciudades comprometidas, pero cada vez era mayor la restricción debido al alto aumento de personas huyendo de la corrupción y maldad. La verdad que los últimos años, en estas naciones, estaban insostenibles las relaciones humanas, las cadenas de noticias transmitían en vivo la ira desatada entre las ciudades. Las ciudades corruptas sucumbían ante la violencia, esa violencia se volverá muerte.

## 5. El caso Emily y el despertar de los sumisos

Emily fue una adolescente muy hermosa, deslumbrante, llena de vitalidad y energía, llenaba de armonía y esperanza las calles del sitio de ciudad Amiosis, los ancianos y habitantes de sus calles la querían mucho. Irradiaba luminosidad con sus cabellos y con su sonrisa, una joven llena de humanidad verdadera, de humanidad esperanzadora y de unas ganas de vivir en una sociedad siniestra. Emily hacía que las personas se levantaran y las ayudaba a tener un sentido de por qué estar vivos. Emily siempre recorría las calles del sitio saludando a las personas, abrazando a los ancianos y haciéndoles favores, era una adolescente muy amable y no pedía nada a cambio. Aunque para un niño o adolescente el nacer en esta época y en los sitios resultaba ser un martirio, para Emily no lo era. Ella siempre miraba la vida con otra perspectiva, arraigaba los pensamientos malos en canciones, las vivencias rutinarias de estar en un mundo muy desigual no la amedrentaban, de todas las malas experiencias recogía las lecciones y las replicaba en su canal de las redes sociales, era muy popular inclusive con gente de las ciudades, en donde implementaba humor en sus programas y trataba de encontrar algo de humanidad entre las personas y los casos que se presentaban a diario. Lo que más hacía era recolectar comida y vestuario para los más ancianos y niños que a la postre siempre han sido los más desposeídos y vulnerables, muchas personas la apoyaban, entre gente del sitio y la ciudad, inclusive de otras ciudades contribuían, ya que la ciudad de Amiosis es una de las más pobres y el sitio, para qué mencionarlo, condiciones inhumanas para vivir y pobreza extrema. La ciudad de Amiosis no tiene una gran actividad económica desarrollada debido a su situación geográfica, que la hacen sufrir reiterados temblores y la complican, pero Amiosis, por alguna razón, fue una de las pocas ciudades que quedó de pie después del mega terremoto, antiguamente se llamaba Ankara.

La adolescente Emily, de tan sólo quince años, era muy popular, querida y de un corazón enorme, Emily trataba de demostrar a la humanidad que aunque viviendo en uno de los peores lugares del planeta, se puede ser inmensamente feliz y que lo material y las fichas pueden quedar completamente de lado, ayudar a los que más lo necesitan es un menester del corazón y la razón. Esa fuerza que inspiraba la gran Emily, ponía de mal humor a los de corazón podrido y llenos de aborrecimiento, mentes siniestras, adoradores del mal, personas indolentes que creen que por tener demasiadas fichas en sus cuentas, se sienten dueños del mundo, aunque el mundo siempre ha sido gobernado por el dinero y la corrupción, se debe poner un alto a la iniquidad y dejar sobre la balanza una sola palabra: Justicia.

Fue en la mañana del 28 de noviembre de 2086 que el cuerpo de la gran Emily fue encontrado, mutilado, desgarrado, con rastros de bestialidad. Una persona que de verdad valía la pena en este mundo se fue de la forma más despiadada. El día anterior, los agresores ocuparon su canal para grabar las atrocidades que salieron a todo el mundo, en donde no tuvieron pudor alguno, los infames usaron un programa especializado para distorsionar sus voces reales y no grabaron sus rostros, sólo el hermoso rostro de la gran Emily. Las personas de todas partes del mundo salieron a exigir justicia, matar por placer, como siempre lo hacían y peor aún, mostrarlo al mundo burlescamente, fue lo que colmó a la humanidad. La investigación corrupta determinó que no había culpables debido a que no se reconocían sus voces y no se veían sus rostros, pero Andrew, un joven habilidoso en computación y programas, amigo de Emily pudo descifrar las voces reales de los agresores, quienes resultaron ser tres hijos de adinerados empresarios robóticos. Los tribunales y la cantidad de abogados determinaron que no existían pruebas suficientes y ante este contexto de oscura impunidad, los habitantes de los sitios salieron a protestar masiva y agresivamente contra el gobierno ciudadano y los más crueles. En ese instante comenzaron las protestas masivas y la violencia, ese cobarde actuar fue el detonante para que los sumisos despertaran de su letargo y se sintiera su voz y orgullo. Producto de esa cobardía y que a la postre quedó impune entre los tribunales viciosos, no quedó impune para las personas, ya que los asesinos fueron emboscados y tuvieron una muerte trágica sufriendo el peor de los linchamientos. Fueron años de guerra en las ciudades, en sus calles reinaba el caos, los edificios ardían como hogueras de inquisición, la muerte abrazaba a los humanos que perdían el juicio y la razón. La sociedad se estaba disipando sin saber que vendría un ataque aún peor, más sangriento y terrorífico.

## 6. La aparición de los demonios alados

Aunque la sociedad y el modelo de convivencia en estas ciudades naciones se encontraban destruidos por culpa de las propias personas y los más poderosos, no eran estos factores la principal preocupación para la preservación de la especie, sino la que radica en constantes enfrentamientos con demonios alados similares a las gárgolas, criaturas nuevas para el conocimiento humano, de agresividad extrema y que tientan con la supervivencia. Estos seres aparecieron el año 2088 atacando y devorando personas, cinco ciudades conflictivas fueron las primeras testigos del poderío y voracidad de las bestias, ciudades que se quemaban y eran destruidas por las propias personas y que fueron el inicio de esta horrenda historia para la humanidad. Ciudades que ardían producto de todo lo maligno e injusto que se vivía en ellas, ciudades que alzaban la voz de los sumisos y exigían la sangre de Emily y de todos los inocentes que habían sido sometidos. Tal era el caos y desorden que las personas no lograron percatarse inmediatamente del ataque de las bestias, cayendo lenta y encarnizadamente. Fueron las cadenas de noticias que transmitían en vivo logrando apreciar las siluetas y sombras de los seres, a pesar de los gritos de pavor y socorro de algunos atacados, las personas estuvieron cerca de quince minutos sin percatarse de lo sucedido, sin reacción. Los televidentes de las demás ciudades estaban estupefactos al ver cómo estos seres arremetían y devoraban a las personas, no sabían si se trataba de la peor escena de terror filmada o la fobia del miedo que tomaba sus mentes y corazones. Una escena imborrable, sumando el caos, fuego y desorden de las cinco ciudades confusas atacadas.

Sus primeros ataques los realizaron en centro mercados, tiendas o en plena calle, sembrando el terror y el pánico entre los habitantes de la Tierra. Las ciudades sumidas en la corrupción ya no se destruían entre sí, pero eran las víctimas preferidas, ya que al estar vulnerables se volvieron blanco fácil para las bestias. A partir del primer año de ataques se decretó toque de queda total, los habitantes no podían salir a ninguna hora del día y las ciudades gobierno entregaban ayuda con bienes básicos esenciales. Esta medida fue provocando un alto número de enfermedades mentales y físicas debido al enclaustramiento, las personas debían estar resguardadas y protegidas, esperando algún ataque para repelerlo, además, comenzaron a exigir mayor seguridad a los líderes y se les proporcionó mayor protección. Policías, tanto humanos como roboandroides, estaban armados con gran tecnología, utilizaban armas que van de balas de grueso calibre hasta pistolas de rayos electromagnéticos. Estas últimas utilizan la tecnología de la electricidad, arrojando verdaderos proyectiles de rayos eléctricos, son más letales que las balas, pero aun así no son suficientes para derrotar a los alados. La piel, cuerpo y extremidades de las bestias están completamente hechos de diamanto y no existe nada más resistente y fuerte. El diamanto posee una dureza única, jamás igualada, además puede resistir cualquier estado de temperatura o cambio brusco de ésta, al igual que cambios químicos, sin alterar su forma. Ni siquiera un misil puede traspasarlos, ni un rayo los rasguña, la piel de los demonios es una verdadera coraza. Lo que hacen las armas es alejarlos, hay muchos roboandroides y policías con armas avanzadas que pueden repeler sus ataques, bueno, eso en el presente, ya que los primeros años fueron de muertes y terror absolutos. Los demonios son muy rápidos cuando vuelan, los expertos todavía no descifran cómo pueden tener esa velocidad teniendo tal peso, tanto de su cuerpo como de sus alas, estas últimas también hechas de diamanto. Los bestiales seres están cubiertos de un pelaje no tan denso, además su cuerpo se asemeja al de un ser humano, no tienen una apariencia tan horrenda, pero al momento de atacar, esta cambia drásticamente.

Las personas más adineradas contrataban seguridad especial, compraban armas de la más avanzada tecnología o modernos sistemas de seguridad, de esta manera comenzó a bajar lentamente la mortandad de los humanos hacia estos seres, sumado a la protección que brindaban los gobiernos de la ciudades, pero lamentablemente las personas de pocos recursos no podían conseguir lo mismo y eran las víctimas cotidianas de los seres, por lo tanto, comenzaron a movilizarse por las redes y unieron fuerzas para contrarrestar a los demonios, juntaron sus viviendas y adquirieron armamento de gran calibre, así los sitios se transformaron en verdaderas fortalezas.

Aunque las víctimas preferidas de estos demonios eran las personas más vulnerables, las de mejor situación o adinerados, en ocasiones eran emboscados en paseos o actividades similares repeliendo duramente los ataques o siendo masacrados. Como en la matanza de Kniff, en donde unos cuatrocientos demonios emboscaron a más de diez mil personas que no respetaron el toque de queda establecido y que se encontraban en los prados de Kniff, generándose una verdadera masacre y provocando una ola de miedo colectivo. Esta matanza la realizaron en el segundo año desde su aparición, en donde fue uno de los más feroces ataques hasta ese momento y el nivel de violencia y bestialidad fue muy crudo, quedando algunas filmaciones y registros de la tragedia que ahondaban aún más el pánico y el terror que ya se vivía. Personas que corrían despavoridas de un lado hacia otro, sin lograr refugiarse de la tempestad de muerte, la peor tempestad jamás vivida. Los bestiales seres se dieron un festín y a diferencia de los otros ataques, se tomaron el tiempo suficiente para poder reposar después de digerir. Los más hermosos prados existentes se teñían de rojo y su apariencia cambiaba drásticamente. Sus hermosas flores, árboles y plantas se alimentaban provisoriamente de sangre, dejando un paisaje desolador, pavoroso y horrendo. Ni siquiera familias con alto poderío económico y armamentista pudieron sofocar a las bestias.

Los demonios alados realizaban ataques rápidos y ágiles en las ciudades, personas que compartían en las escaleras de edificios, observando la luna y el Apollo y viendo cómo de pronto aparecían las bestias por encima de ellos sin alcanzar a reaccionar. Ataques en donde se concentraban adolescentes drogados, percatándose a lo lejos de las bestias, pero no asimilando si era una alucinación o la muerte en persona aproximándose. Los demonios alados son unos verdaderos expertos cazadores, como cuando un águila se aproxima por el aire y caza a una liebre sin que ésta se percate o como una serpiente cuando embruja con el miedo a un roedor y lo devora. Los ataques fueron cada vez más seguidos e impactantes, los demonios no mostraban el más mínimo factor de piedad cuando atacaban y eran cada vez más crudos.

Para comienzos del 2091 los demonios atacaron la metrópolis de Guiida en donde asesinaron a más de quinientas mil personas y raptaron a otras cien mil registrando una matanza épica, rápida y bien planificada, en una ciudad que no contaba con una protección intensa y que sucumbía debido al descuido. Este ataque nuevamente fue una victoria indiscutida para las bestias. Los habitantes de la Tierra se reagruparon y reunieron una gran cantidad de roboandroides y personal de protección como las fuerzas de defensa. Estas personas no estaban bien capacitadas o entrenadas para este tipo de ataques, pero de todas formas eran muy efectivos con las armas. Las armas, a la vez, fueron rediseñadas modificándolas en una muy potente con un grueso calibre, ésta sirvió mucho como mejora provisoria para ayudar a repelerlos, provisoria, ya que están buscando una manera de destruirlos y para eso deben investigarlos más a fondo.

El 2092 fue un año tranquilo, ya que los monstruos, por alguna razón, no atacaron. Se cree que espiaban a los humanos, observando el poder de fuego que crearon en corto tiempo y la gran cantidad de roboandroides que se fabricaban para protección. En total, quince meses estuvieron los demonios sin aparecer y la tranquilidad comenzó a llegar, se levantó el toque de queda y las personas caminaban sin temor por las ciudades, disfrutaban de la vida sin preocupaciones, tanto así que un grupo de *influencers* organizó fiestas masivas en las calles de las ciudades, para así festejar el término del enclaustramiento y la liberación de sus miedos, obteniendo una respuesta favorable por parte de innumerables personas en todo el mundo, ocupando las calles como centros de recreación y jolgorio. Los líderes de los gobiernos bajaron los brazos por un instante, instante que costó caro, un grupo de doscientos demonios interceptó a diez naves inteligentes que trasportaban provisiones hacia el Apollo, nadie se percató de lo sucedido y en éstas viajaban las bestias que al desembarcar, atacaron directamente las computadoras madres anulando todo sistema de defensa y comunicación a las ciudades, el personal que se encontraba en el Apollo pudo repelerlos duramente, pero sin alertar a la Tierra. Los departamentos de seguridad no alcanzaron a percatarse del ataque cuando por cada ciudad había legiones de demonios hambrientos, más de un año sin comer, sin poder ser contenidos por las fuerzas de defensa y las poderosas armas. La fiesta global que se vivía en las calles se transformó en una verdadera pesadilla opacada por el peor de los invitados, la muerte. Ésta rondaba las calles tocando por doquier a los elegidos, aquel día la muerte terminó extenuada como nunca, llevándose a millones en un corto lapso y haciéndolo de la manera más cruel. Las personas enfervorizadas en una tarde cálida, disfrutando de la música, alcohol y la adrenalina de la libertad, celebrando la mejor fiesta, conocieron el verdadero poderío y brutalidad de los seres. Fue la festividad más sangrienta jamás imaginada, escenas del peor de los infiernos de Dante se vivieron aquella tarde noche, sin lugar a duda el más fatal y sanguinario día en la historia humana, gritos de júbilo transformados en espanto, mezclándose con calles de sangre, calles de fuego, calles de fiesta y gozo para los alados. La inteligencia y excelente preparación del plan de las bestias, sumado al descuido humano, significó una masacre en setenta de las cien ciudades del mundo, en donde los ataques duraron un poco más de una hora, pero que dejaron una marca y huella imborrables para la sociedad y las personas de este planeta. Asesinaron por ciudad entre quinientas mil hasta un millón y medio de personas, siendo Duuspel la metrópolis más afectada. El mortal ataque dejó un saldo de sesenta y cinco millones de personas entre muertas y desaparecidas. Una cifra catastrófica, apocalíptica y en tan sólo un par de horas por todo el mundo. El 20 de junio de 2093 será recordado como: «la carnicería humana». En ese instante fue que la humanidad tuvo un último despertar y saber que no podrán fiarse jamás y desconfiar de las bestias, admitir que éstas no sólo tienen apetito y son feroces, sino que son muy inteligentes. Esperar más de un año sin atacar, sabiendo que es un corto tiempo para ellos y largo para los humanos, tan largo que olvidaron los resguardos y se descuidaron de tal manera que en un corto ataque, les recalcaron que deberán estar alerta por siempre si quieren seguir viviendo, en tan sólo algunas horas habían desaparecido sesenta y cinco millones de personas. Los humanos debieron admitir que los demonios son la peor plaga que jamás hayan recibido, la más cruel y con el mayor número de muertes. El año 2093 les sirvió para despertar de su inocencia y protegerse los unos con los otros para así mantener la especie.

Los demonios alados, en sus primeros años de ataque, acabaron con más vidas que los virus lanzados por los poderosos malignos décadas atrás. Después de arrojar al ambiente los virus virales, lanzaron dos pestes más nocivas aún, siendo el virus «absoluto», el más mortífero de la historia, con una letalidad implacable que provocó la muerte de sesenta millones de personas tan sólo en un año, superando a la peste negra.

En el transcurso de los años, los ataques fueron bajando, pero manteniéndose vigentes siempre.

Producto de la matanza del 93, los habitantes de esta alicaída Tierra resguardaron las ciudades en todo momento, a cualquier hora, día y noche había seguridad y se fabricaban más roboandroides. Los humanos se mantenían firmes y pendientes ante cualquier ataque. El toque de queda se restableció y comenzó a regir desde las 12:00 p.m. hasta las 08:00 a.m. Sólo se podía transitar por cuatro horas durante el día.

A partir de ahora, las personas no se odiaban ni masacraban entre sí, únicamente trataban de protegerse y sobrevivir a los ataques de los demonios. Los gobiernos de las distintas ciudades realizaban expediciones para atacar a las bestias, sin obtener buenos resultados. Además, aportaban a los sitios sólo armamento y municiones, acto por el cual la gente apartada se protegía muy bien, luchando con pasión y unas ganas de seguir viviendo estoicamente, unos verdaderos guerreros. Un demonio fuerte equivale a entre ocho y diez hombres y para los demonios más débiles su fuerza es equivalente entre cuatro a seis hombres. A raíz de esta situación y las emboscadas, tanto personas adineradas, pudientes o de escasos recursos, comenzaron a prepararse muy duro y está claro que no de la misma forma, pero lo hacían. Los más pudientes entrenaban con maestros especialistas en las artes de los combates, aprendían boxeo, artes marciales, judo y cualquier rama de contienda, también fueron adquiriendo costosos trajes blindados que les ayudaban a tener mejor motricidad y fortaleza; además de usar guantes de diamanto, que sirven para aumentar la dureza y protección de los puños para así no sufrir lesiones producto de la dureza de las bestias, estos últimos indispensables, son los de mayor venta y exigencia. Las personas de menos recursos entrenaban entre ellos, de la mano de la naturaleza o simplemente buscaban cualquier situación como para aprender y practicar. Se usaban roboandroides como pareja de combate, en donde se seleccionaba el tipo de disciplina a practicar y lo más fundamental, la velocidad. A partir de este punto, las personas comenzaron a dar pelea a los seres, no sólo la fuerza física o el dominio de una disciplina, sino que la velocidad que fueron adquiriendo en sus golpes es esencial al momento de enfrentar al enemigo, si bien los trajes blindados otorgan una ayuda en mejorar la rapidez de los golpes, algunos solamente con la conexión entre mente, cuerpo y alma podían lograr una rapidez nunca vista.

Este esfuerzo que conseguían con días, meses y años de entrenamiento, se acompañaba del don y en el cual el guerrero único fue el mentor. La mayoría de las personas que podían conseguir esto, y que a la vez no eran demasiadas, eran las de espíritu, las de buenos sentimientos, personas que no desean el mal para nadie, podríamos decir que Dios o algunos dioses intervenían en este don. Aunque se debe mencionar que los habitantes de la Tierra no creen en ellos, en nada, ni nadie, o tal vez esa rapidez es la constancia y sacrificio, aunque para los científicos este tipo de rapidez, ni con constancia, esfuerzo excesivo o años de entrenamiento se adquiere. Para otros es la fuerza de seres buenos, seres que quieren ayudarlos y ocupan los cuerpos de los hombres. Se utilizan muchas hipótesis.

## 7. Un guerrero llamado justicia, el único guerrero

Akhaill es un combatiente de esta época, de mucho vigor y potencia, de extrema destreza y rapidez, el mejor de todos. Constantemente se le ve resguardando los sitios más vulnerables. Es un grande que se alimenta de compasión y esperanza de las personas. Su nombre tiene un significado propio que le dio su padre, «Alaska vive». Le ofrecen cantidades extremas de dinero, pero él prefiere proteger a las personas más vulnerables, aunque es sabido que realiza uno que otro *trabajito* de protección para las familias acaudaladas, obviamente no se ve mal, ya que se debe subsistir y la paga es la mejor. El guerrero, al realizar cualquier trabajo, gana entre treinta a cincuenta millones de fichas, una ficha equivale a un centavo y no tienen forma física, todo es digital. Sin lugar a duda, el trabajador mejor pagado de las ciudades, pero el más noble de todos. Con el dinero compra comida, agua y vestido para los más necesitados, además de protegerlos constantemente de los ataques. Se traslada de ciudad en ciudad y de sitio en sitio, demostrando sus habilidades, comenzando a escribir su nombre en la mente y corazón de las personas y creando un lugar de seguridad, aunque sea por unos días. Él está restableciendo de a poco el orden y protección para las ciudades más vulnerables, él investiga y hace que paguen los funcionarios y líderes vendidos de las ciudades más corruptas, está devolviendo la verdadera humanidad entre los suyos, les inculca a las personas que si ven a un ser humano, a un prójimo muriendo en la calle, no lo graben, sino ayúdenle. Poco a poco se está restaurando el orden y la correcta convivencia en aquellas ciudades malignas y que abusaban de gente de los sitios. Las personas aprecian mucho a Akhaill y él respeta a todas las ciudades a las que visita. En sus primeros recorridos, cuando llegó hasta Amiosis, conoció a la familia de Emily y les dio una protección especial, Brenda, la madre de Emily, cuenta con un dispositivo de comunicación que le entregó el guerrero. La familia de Emily no es muy numerosa, está su madre Brenda, su hermano y no mal parecido, Joey y la hermosa Penny, la menor de los hermanos, el padre de la familia falleció años atrás. Ellos estuvieron muy amenazados, producto del revuelo y venganza que realizaron los habitantes de los sitios de Amiosis y posterior en todos los sitios que estallaron de rabia e ira por lo que le hicieron a la hermosa y joven Emily. En el tiempo en que se produjeron los hechos, el gran guerrero todavía no pertenecía al mundo como tal, él era totalmente desconocido, no trabajaba para las ciudades. En esa fecha la humanidad no podría imaginar lo que se les vendría, por esos días el humano era demasiado violento. En ese tiempo los habitantes desvalidos se alzaron y no iban a permitir que los siguieran amedrentando, sin importar el costo. En aquella época la familia se resguardó con la ayuda de gente del sitio, estuvieron varios años escondidos, hasta que con la aparición del guerrero pudieron salir de su escondite y vivir fuera de la sombra de la injusticia que estaban soportando.

El gran guerrero no pernocta con ellos cuando se encuentra por la ciudad, pero sí los visita de forma constante y les replica que ante cualquier intento de intimidación le comuniquen de inmediato. El gran guerrero siempre muestra mucho compromiso con la familia.

Akhaill, a su vez, enseña a jóvenes y adultos e inclusive niños, en sus pasos por las ciudades, la técnica del combate a «puño solo», que utiliza la destreza y rapidez de estos, además, en el transcurso del entrenamiento agregan golpes de piernas y pies para dar mayor fortaleza al ataque. El guerrero comenzó a resguardar las ciudades desde hace varios años atrás. El guerrero incorruptible verifica que los acuerdos se respeten y que exista protección para todos los habitantes de las ciudades, la acción y obra de Akhaill se gesta en su interés de salvaguardar a todos los habitantes, más aún de los sitios, aunque estos estén marginados.

Akhaill tiene una historia que contar, él es un lobo solitario, sediento de venganza, lleno de ira y compasión a la vez, es la persona con el corazón más grande. No busca placer ni dinero, sólo justicia, esa es la palabra correcta. La gente adora a Akhaill, sólo en él confían, es capaz de dominar a estos seres, de dar tranquilidad y esperanza a las personas.

Akhaill sueña despierto, los recuerdos imborrables de su esposa e hija están presentes a diario en imágenes de amor, felicidad, alegría, ternura, pero a veces esas imágenes son una tortura, amargura y llanto. Aquella tarde, cuando fueron emboscados por un grupo de alados, es la razón por la que el guerrero transita de ciudad en ciudad, sobre todo en las más corruptas para proteger a los más vulnerables de los ataques de los seres alados. Los gobiernos de estas naciones solían brindar poca protección a los sectores más indefensos y con el transcurso de los años aquello ha ido cambiando y gracias al guerrero, quien poco a poco ha estado desenmascarando a los corrompidos.

Akhaill no tiene miedo como los demás, es el único con una fuerza y rapidez inigualables, comparado con míticos guerreros de la antigüedad. Akhaill ha descubierto la manera de afrontarlos, no demostrando temor y con una agilidad y destrezas únicas, el guerrero despierta pavor entre sus enemigos pudiendo vencer hasta ocho de ellos a la vez. Él, con sus sables, conoce el punto débil de cada bestia, ya que estos poseen un talón de Aquiles que está en su piel.

Él tiene el don principal, ningún ser humano se le asemeja, ni siquiera la tecnología de los trajes utilizados pueden superar la fuerza del guerrero, salvo los guantes, que son de extrema necesidad para fortalecer los puños cuando golpean la verdadera coraza infranqueable de las bestias. Un humano con uno de estos trajes, puede contener hasta dos seres, en cambio sin el traje, es difícil dar pelea a uno solo. La fuerza de los seres es muy superior, además hay algunos que pueden lanzar fuego a grandes distancias, para la persona común es difícil, pero para Akhaill no. Él puede derrotar a cualquiera de estos seres, sus espadas penetran en aquellos espacios pequeños de la piel de los demonios, espacios que no están cubiertos de diamanto y así logra vencerlos. Hay demonios que no tienen la misma suerte, algunos tienen su piel descubierta en la espalda, pero sus alas los protegen, en cambio hay algunos que poseen el punto débil en el cuello, a estos el guerrero los aniquila de inmediato, otros en sus extremidades para así desangrarse lentamente. Las personas comentan las destrezas de Akhaill y sus hazañas contra los demonios, un verdadero héroe popular, el héroe de todos, al momento de salvar vidas no mide clase ni raza y otorga prioridad como un *gentleman* de antaño a mujeres y niños, estos últimos lo aman, por lo menos los niños mantienen sus esperanzas en él.

Akhaill viene de una familia humilde, gracias a su esfuerzo y al de su padre y madre, personas sabias, justas y honradas, se graduó como ingeniero en robótica molecular y se casó con Elizabeth Shoo, con la cual tuvo una pequeña, Maydol. Ellos fueron emboscados hace varios años atrás por los demonios, se encontraban con unos amigos disfrutando del campo y la playa, pero cuatro bestias emboscaron al grupo asesinando a la pareja de amigos y raptando a su esposa e hija, bueno es lo que recuerda, ya que los demonios iban a asesinarlo y lo dejaron muy mal herido y antes de desfallecer y a punto de ser asesinado, Akhaill fue socorrido por un escuadrón salvavidas que pasaba por el sector. A partir de ese momento para Akhaill la vida cambio y se dedicó a entrenar duramente, tanto de día como de noche, a veces sólo paraba para comer o dormir algo. El duro entrenamiento de Akhaill generó una habilidad y un cambio globalizado en algunas personas en el modo de práctica y las cualidades que adquirían, gracias al guerrero, muchas personas se zafaban de ataques sólo con sus puños. Entrenar como él y dar pelea a los seres, es lo que movilizaba a muchas personas. Gracias a los conocimientos y prácticas del poseedor del don, el miedo comenzó a desaparecer de las personas y ya no temían por su supervivencia, sino que había una ilusión de estabilización de la especie debido a su reacción y a lo entregado por el guerrero.

Akhaill es capaz de repeler ataques usando solamente sus sables de guerrero, inspirados en el estilo gladiador y samurái en el uso de espadas y la combinación de conocimientos y técnicas. Akhaill supera todos los retos de aprendizaje y fusiona estilos completamente diferentes, sus espadas son muy pesadas, el doble de la media y con un filo capaz de partir a un hombre por la mitad. Día y noche busca la perfección en sus golpes y la rapidez, que para él es fundamental, ya que mediante rapidez y fuerza ha salido de emboscadas. Los demonios ya saben quién es y tratan de asesinarlo sin encontrar éxito.

Akhaill es demasiado reservado, nadie sabe nada sobre él, sólo lo de su esposa e hija, pero con una versión no bien acreditada, la versión más usada y comentada es que ellas fallecieron en un accidente, fue hace tanto tiempo que no hubo testigos, al menos humanos, ya que la patrulla que logró salvarlo estaba compuesta solamente por roboandroides.

Akhaill trabaja para las Ciudades Organizadas (C.O.), organismo que tiene una importancia sobre las demás ciudades naciones, este organismo es el encargado de fiscalizar y controlar el comportamiento de las personas y las ciudades, debe actuar con extrema necesidad sobre asuntos de importancia y urgencia, la necesidad de abarcar la corrupción y la desigualdad, tema que pasó a segundo plano hasta que se pueda contener a los alados. Acá se está haciendo un papel preponderante, puesto que las ciudades se encargaron de crear un escuadrón mundial de guerreros compuestos sólo por humanos. La C.O. únicamente recolectó a lo mejor, Akhaill es el guerrero con mayor fama entre los suyos, pero tiene unos camaradas que casi igualan sus fuerzas, guerreros repartidos en diferentes lugares del mundo protegiendo a las personas de estos demonios y de sus ataques que, poco a poco se van extinguiendo. Entre los que se destacan a: May Liu, Jhonny Freeck, Marina Janeth Ros, Ivajjo, Blanche Ito, Roy Stackman, Leo Von Crow, entre otros.

Los primeros ataques fueron masivos y sangrientos, todos realizados con una ferocidad y salvajismo aterradores, los demonios estaban exterminando a las personas, se calcula que desde los primeros ataques a la fecha, han acabado con las vidas de más de doscientos millones de personas, bajando las muertes notoriamente en los últimos años. Como los ataques en las ciudades han bajado, estos subieron en emboscadas y lugares eriazos, los demonios no tienen horario y cuentan con una excelente planificación de cómo atacar. Las grandes ciudades se encuentran bien protegidas y las personas bien armadas. Las C.O. crearon un decreto para la defensa y protección contra estos seres que dice: «Todos los habitantes del planeta deben estar armados para repeler ataques y aquellos que no posean armas, la ciudad a la cual pertenecen se las otorgará». Este decreto sirvió para contener los ataques de los demonios y con la llegada de Akhaill y los escuadrones, perdieron eficacia y cada vez eran repelidos con mayor fuerza, raptando a menos personas. Gracias a Akhaill, los guerreros y a la propia acción de las personas de todo el mundo, los ataques disminuyeron.

Siempre las grabaciones se enfocaban en la posible acción de Akhaill, muchas veces se le grabó combatiendo y demostrando su poder. En su primera aparición, cuando los humanos estaban aterrados, unos adolescentes lo captaron peleando con dos de estos seres y derrotándolos sin inconvenientes, encontrando la piel descubierta de cada demonio y traspasando esa parte con sus espadas, fue él quien descubrió el talón de Aquiles de las bestias, a algunos los mataba y a otros los dejaba muy heridos. Muchos pensaron que se trataba de un truco o un programa para editar imágenes, pero su momento épico llegó y fue después de ese encuentro con los jóvenes que lo grabaron, fue cuando unos alados a plena luz del día intentaron atacar a una turba de personas que realizaban compras en un centro mercado atemorizándolas con su presencia, personas que ya se creían muertas y devoradas, pero el guerrero se interpuso alcanzando a intervenir de una manera magistral y esperanzadora. Las bestias, burlándose de éste, le prometieron una muerte lenta y dolorosa y las personas creyendo que se trataba de un loco, sin saber que Akhaill los derrotaría sin problemas. Comenzó realizando ataques veloces y ágiles con sus espadas, dando golpes fuertes y rápidos apoyado con los guantes de diamanto. Las grabaciones fueron impactantes y las personas en el mundo comenzaron a saber de Akhaill y sus proezas. Fue en el año 2094 que el único guerrero tuvo su aparición con excelencia quedando en las mentes de los ciudadanos, protegiendo y derrotando a seis bestias en aquel lugar. A partir de este momento, de esta grabación, fue que las personas comenzaron a experimentar un pensamiento de lucha y de valor, a partir de ese instante es que Akhaill llega a ser una fuente de inspiración para cualquier ser humano del planeta, gracias a él evolucionaron en las artes del combate y defensa. La gran influencia de Akhaill para las personas fue fundamental, él es considerado un verdadero héroe que los llevó a revelarse del miedo y enclaustramiento que los demonios les provocaron, miles de personas comenzaron a entrenar duramente para obtener los resultados y rapidez del guerrero, las personas, sabiendo que es humano, se dieron cuenta de que ellos también podían hacerlo, entrenando casi o tan duro como él, a lo mejor no igualarían la fuerza y rapidez del guerrero, pero estarán bien avanzados y dispuestos a repeler un ataque si éste se produjese.

Akhaill cuenta con un escuadrón de cuatro guerreros realmente muy talentosos, guerreros que tienen una unión y amistad poco vista en esta era, los guerreros son muy leales y dispuestos a dar la vida por su líder, que años atrás fue su héroe, todos se influenciaron en Akhaill y aprendieron del mejor. Estando en el escuadrón les enseñó otras técnicas y métodos de combate, que con el tiempo, pudieron pulir y mejorar. En el escuadrón de los cinco guerreros, tres son mujeres, las mujeres de esta época son muy fuertes y ágiles, están a la par con los hombres en cualquier tipo de actividad.

Las gemelas Dileo, Jany y Clarr, expertas en comunicaciones y conducción de vehículos, son pieza primordial entre el escuadrón, se encargan de todo lo operativo en la base, además del rescate. Cuando existen misiones de extrema peligrosidad, en constantes operaciones interceden cuando los demás miembros se encuentran en peligro, llegando con artillería aérea. Ivajjo es un guerrero muy fuerte, mide más de dos metros y con un peso de ciento cuarenta kilos de masa muscular, es experto en armas, muy rápido y además golpea muy duro. May Liu, la bella y talentosa guerrera, destaca mucho en las artes marciales fusionando técnicas de kung-fu, jiujitsu, karate, kickboxing, entre otras, un verdadero talento. Juntos han estado en variadas misiones de combate contra las bestias. Los primeros años de la creación de los escuadrones fueron muy arduos, de constantes y sangrientas batallas a lo largo de los años, desalojando a las bestias de las ciudades, permitiendo que las personas vuelvan a encontrar la tranquilidad.

El escuadrón irreal, como le llaman las personas o el escuadrón S-505, para las Ciudades Organizadas, tiene la mejor reputación entre los humanos, no se corrompen, son respetuosos, humildes, francos, pero su mayor virtud es el combate y la justicia. Guerreros llenos de energía y espíritu, deseosos de venganza y sedientos de sangre de bestia. El escuadrón vela y protege a los más débiles, dando señales de reivindicación para los seres humanos, señales que buscan dar un aliciente a la decaída cultura humana y a la destrucción constante del amor. Para los habitantes de la Tierra los innumerables escuadrones tienen una fuerza mágica más allá de este mundo, demuestran dar seguridad y confianza, ya no temen a los ataques de los demonios, tampoco a la acción de los gobiernos, ya que en los guerreros ahora encuentran un respaldo. Si bien, por orden de C.O., se crearon los escuadrones para el bienestar de todos los habitantes, de todas formas, existen algunos que se corrompen amparándose en algunos gobiernos todavía alterados, no otorgando total seguridad a las personas, dejando que mueran en ataques y huyendo cobardemente. En estos escuadrones la gente no confía, que afortunadamente son muy pocos, ya que la mayoría están comprometidos a demostrar su fuerza y destreza para proteger a los suyos, para dar sus vidas ante la amenaza de extinción de la raza humana. Los escuadrones son héroes muchas veces anónimos, sólo se les ve en grabaciones, no hacen vida social como las demás personas, son austeros, callados, generan respeto. El escuadrón irreal tiene muchas grabaciones de batallas contra demonios saliendo muy airosos en todas, uno de los grandes combates fue en Antigua Tijuana, el año 2096, en lo que alguna vez fue un país llamado México. En este lugar se reportó una base o nido de demonios, ubicado en una de las cuevas de los abismos, este nombre lo recibió después del mega terremoto, formándose una especie de socavón tan profundo que no ha sido posible encontrar suelo en las expediciones realizadas anteriormente. Esta formación sirvió de madriguera para los demonios que no esperaban una emboscada, fueron treinta escuadrones de los más calificados para liquidar a mil bestias que pernoctaban a trescientos metros bajo la cueva, pernoctaban con carne humana. Este ataque sólo registró grabaciones de los cascos de los miembros que portaban cámaras, fue una victoria demasiado trabajada, ciento treinta miembros fallecieron en la embestidura. Fue en esta batalla que Akhaill adquirió la fama de guerrero inigualable entre los suyos, fue en este combate que los guerreros aclamaron a Akhaill, el único guerrero. Además, destacándose a May Liu, Jhonny Freeck y Marina Janeth Ros.

En la batalla del abismo se produjo una matanza, un combate lleno de sangre, pero que fue bien estudiado y trabajado por los escuadrones y los líderes. Planificaron durante cinco meses la mejor forma para atacarlos, lo realizaron a los primeros rayos del sol, puesto que los demonios están más acostumbrados a atacar de noche, en el día son más vulnerables, es por esto que las ciudades son muy alumbradas, el sol debilita algo a los seres alados, en el día no poseen la misma fuerza que en la noche. Las cuevas son muy profundas y los demonios descansan durante la mañana, esta averiguación permitió a los líderes atacar minutos antes del amanecer. La mencionada estrategia apoyada por un grupo de roboandroides, fue ejecutada a la perfección permitiendo un combate ganado con total seguridad aniquilando a mil bestias. En las cuevas los escuadrones realizaron un ataque sorpresa despertando a los demonios sin poder estos ofrecer resistencia, liderados por el guerrero único, los humanos obtuvieron una gran ventaja, sin embargo, la arrolladora ventaja se fue convirtiendo en retirada, ya que los demonios eran incontables. Los escuadrones realizaron los ataques primeramente a trescientos metros de profundidad y que era lo estimado para la misión, para posteriormente descender hasta los cuatrocientos metros, en ambas profundidades los demonios opusieron resistencia, los humanos llevaban armamento con la última tecnología, hecho con fibra que permite un menor peso y municiones de electro láser, cuando se propusieron descender más de lo previsto, los demonios comenzaron a surgir de más abajo en cientos y los escuadrones perdieron muchas vidas, además de roboandroides, por lo que debieron efectuar retirada, jamás imaginaron encontrar las reales puertas del infierno.

La batalla del abismo consagró dos hechos, el nacimiento de una leyenda y la gran cantidad de demonios existentes. La noticia corrió por todo el planeta Akhaill y los guerreros derrotaron a centenares de bestias y en su hábitat. «Ya no estamos escondidos, vamos por ellos», decían. «Akhaill es el principal responsable de las muertes de los demonios», hablaban. Todas las personas daban gracias a Akhaill y los guerreros, también daban sus respetos y honra a los caídos, las personas volvían a unirse y convencidas para trabajar juntos en la destrucción de su enemigo más terrible. Los humanos se habían convencido en estos últimos años de ataques, que debían defenderse a toda costa para evitar su aniquilación a manos de los demonios y para eso tendrán que trabajar unidos, preparados, bien planificados para enfrentar a este despiadado enemigo. Después de la batalla del abismo, los humanos se sintieron seguros y confiados, los niños querían ser como sus héroes y entrenaban desde muy pequeños para defender y proteger a los suyos. Eran días de paz y unión en el mundo, ya no peleaban entre sí y los que los afligían parecían haberse ido, eso parecía.

Las personas, enfervorizadas por la victoria, no saben que se guarda un secreto entre los escuadrones y las naciones, no saben que los escuadrones tuvieron que retirarse debido a la incansable aparición de bestias desde el inframundo, haciendo retroceder a las fuerzas humanas, aunque la misión se completó y acabaron con mil bestias, que era lo previsto. La gente tampoco sabe que se están vigilando constantemente las cuevas para detectar el flujo de los seres, se han descubierto más cuevas con cientos de metros de profundidad y se ha visto entrar y salir a los demonios produciéndose enfrentamientos. Las ciudades, en conjunto con los escuadrones, se encuentran planificando un ataque a las cuevas con más avistamientos, algunos propusieron un ataque masivo con rapidez. Akhaill cree que deben ser cautelosos y les explica a los líderes de las ciudades que no deben menospreciar al enemigo, ya que en el ataque no imaginaron la cantidad de demonios existentes, además les recalca la masacre del 93, así que el guerrero no quiere sacrificar a más de los suyos, ni tampoco someterse al capricho de los líderes, a fin de cuentas ellos no irán a arriesgar su pellejo, sólo emiten órdenes que muchas veces no son bien dadas y que el guerrero único se los refleja. Hay un líder muy respetado y con mucha influencia dentro de las Ciudades Organizadas, este líder quiere enviar un ataque con material bélico, lanzando misiles teledirigidos y que impacten el fondo del abismo para así acabar con los nidos y guaridas, al parecer esta idea es la que corre con mayor ventaja y es estudiada por Akhaill y los guerreros, pero se debe tomar en cuenta lo débil que está la corteza terrestre en sus entrañas.

## 8. La era actual, año 2098

En el año actual se encuentran dominados los ataques por parte de las ciudades hacia los seres alados, ésas cada vez más organizadas y con el propósito de proteger la vida de cada una de las personas, sean del sitio o de la ciudad. Esta vez los gobiernos de cada ciudad, en conjunto con las C.O., están proporcionando máxima seguridad a las personas, hay vigilancia día y noche. Para mermar la tensión entre los habitantes, el toque de queda es sólo a partir desde las 18:00 horas hasta las 08:00 horas. Ahora deben pensar y actuar en restablecer el orden y que el acuerdo el Definitivo, sea respetado por todas las ciudades.

Los escuadrones se encuentran bien preparados y gracias al guerrero único son muy fuertes. Jhonny Freeck, del escuadrón S-606, junto con otros guerreros, se encuentran en las ciudades más vulnerables restaurándolas y ordenándolas socialmente, tienen un trabajo arduo, pendiente e importante. A Jhonny lo comparan con Akhaill, aunque es más soberbio, pero una excelente persona a la vez, además es un gran amigo del guerrero. Jhonny es una persona de carácter, se sabe y hay un registro de una batalla contra cuatro bestias, derrotándolas sin mayores contratiempos, estocando sus espadas en cada talón de Aquiles de éstas.

Jhonny se suma a May Liu como los guerreros más fuertes y que a la vez ella es considerada la segunda mejor entre todos sus pares, con sus filosas katanas ha matado hasta seis bestias por enfrentamiento. Si bien la cantidad de guerreros no es mucha en comparación a los soldados, policías y roboandroides, los guerreros son los únicos capaces de dar muerte a las bestias gracias a sus habilidades con las espadas que pueden penetrar en la piel descubierta, algo que los demás no hacen. Cada día se reclutan más guerreros a los escuadrones, tanto hombres como mujeres por igual en donde los califican y aprueban. Entre hombres y mujeres hay mucha competencia, las mujeres de esta época son muy fuertes. Siempre se pide lealtad como primera instancia y el juego sucio debe ser erradicado para ser miembro, tampoco existe el nepotismo, ingresan sólo aquellos capaces de derrotar a algún demonio con sus técnicas adquiridas, pero lo más importante son aquellos reclutas que están dispuestos a dar su vida por el prójimo. Los escuadrones de guerreros buscan rescatar valores perdidos por los humanos y reimplantarlos entre los miembros para que se expandan por esta sociedad tan abatida y que está tomando un giro para bien.

Por otra parte, las ciudades continúan con la fabricación de roboandroides y armas para estar preparados ante algún eventual ataque de las bestias, aunque éste se ve cada vez más lejano, las ciudades y sus sitios se encuentran fuertemente resguardados. Contratan personas de los sitios como policías o soldados, dependiendo de la cualidad, gusto de cada persona y sus capacidades. Se está alejando la discriminación y la excesiva élite social, además, todos han comenzado a ser ciudadanos y personas indispensables para el sistema, cada una de las vidas es primordial, quedan cada vez menos habitantes en el mundo y eso debe cambiar, la justicia debe cambiar, la desigualdad debe marcharse y desarrollar una sociedad para todos, evolucionar como personas, como humanos, evolucionar en el comportamiento y que no se transforme en una tierra de titanes, en donde el más fuerte se come al más débil o el más adinerado abusa del más pobre.

Las personas están muy agradecidas de los escuadrones y en especial de Akhaill, él fue quien comenzó a defender acérrimamente a los más débiles, aunque nunca vivió en los sitios, su familia siempre le enseñó valores, por sobre todo la dignidad entre personas y la justicia. El guerrero apareció como tal por primera vez a finales del 2094 y un año después formó a su actual grupo. Meses después, las ciudades le encomendaron formar otros grupos y que él los guiara y enseñara. Fue gracias a Akhaill que las ciudades formaron los escuadrones en donde el guerrero fue el guía e iniciador, fue gracias a él que comenzaron a organizarse y enfocarse en la protección de cada habitante, de cada ciudadano. Ha sido él, que nunca se ha corrompido, si bien él trabaja para las ciudades y para algunos particulares, la prioridad es siempre a las personas que están siendo atacadas y dentro de su radio. Para él siempre está primero la vida que esté en verdadero peligro, él enseña lo mismo a los miembros de los escuadrones, esto independientemente de que existen guerreros que se corrompen al dinero.

Como por estos días en las ciudades existe tranquilidad de los ataques, los guerreros realizan trabajos extras y algunos realizan algún *hobby* pendiente. Ha costado demasiado restablecer el orden y la tranquilidad en las ciudades, ha sido muy duro sobre todo para los escuadrones y sus guerreros.

Akhaill se encuentra en ciudad Amiosis visitando a la familia de Emily.

A Penny le preocupa la situación que vive Akhaill, siempre combatiendo a varios demonios a la vez y le pregunta:—¿Cómo alguien puede ser tan fuerte y veloz para lograr su objetivo?

—Debes entrenar y esforzarte al máximo, ser constante y dedicar la mayor parte de tu vida en ello, sólo ocupar el tiempo restante para alimentarte y dormir —le responde.

Penny siempre hace esta clase de preguntas y Brenda le recrimina para no molestar al guerrero, aunque a él no le incomoda cuando le consultan lo que fuese. Lo que realmente le preocupa es el constante interés de Penny por pertenecer a las fuerzas de seguridad, el guerrero teme por la integridad física de la muchacha y que Brenda pudiese perder otra hija, aunque en todas sus visitas entrena con ambos hermanos y los dos son muy ágiles, pero de todas formas teme por la seguridad de ellos. Emily es una mártir de esta época y que su madre pierda más hijos sería muy crudo para ella. Akhaill debe mantener el símbolo de Emily resguardando a sus seres queridos. Nunca han conversado sobre el tema, la verdad es algo muy delicado, la forma de morir tan horrible e inhumana, con esa clase de comportamiento no se sabe quiénes son en realidad las bestias.

Joey tiene mucho respeto para con el guerrero y lo aprecia, busca consuelo en sus palabras y lo considera como un amigo.

—¿Cuándo volverá a Amiosis? —Joey pregunta a Akhaill.

—Será en algunos meses —le responde—, debido a una reestructuración en el plan de búsqueda y defensa contra los demonios, además del restablecimiento de las ciudades más vulnerables, pero estén tranquilos, siempre estaré con ustedes y deben permanecer atentos a cualquier situación.

De pronto se activa la alerta de emergencia, sorpresivamente los demonios se encuentran atacando Amiosis. Estos realizan un ataque que está siendo retenido rápidamente por los escuadrones, los demonios pensaban que al ser Amiosis una de las ciudades más pobres y desvalidas, sería un ataque fácil. Akhaill y sus guerreros no permitirán tal cosa y están derrotando a un grupo de doscientas bestias y que están siendo dirigidos por un demonio muy fuerte. Akhaill no dejará que la tierra de Emily, el símbolo de la justicia, sea acabada por las bestias y menos que sus suelos se tiñan de sangre. En la batalla incluso se encuentran participando los hermanos de Emily, quienes se unieron sorpresivamente al combate sin el permiso de su madre, poniendo de mal humor y preocupando al guerrero. Éstos ya derrotaron a dos bestias cada uno, por lo cual se llenaron de alegría y confianza, confianza que le da al gran guerrero y que deberá reconocer y admitir que los muchachos están preparados para ingresar a los escuadrones, aunque él prefiere ser cauteloso con ellos. Mientras las bestias ven con desazón la inminente derrota.

Akhaill les señala a los hermanos:

—Deben ir paso a paso. ¿Por qué vinieron a combatir? —les pregunta—, su madre debe estar aterrada y segundo, deben ingresar a la escuela en donde recibirán un entrenamiento adicional al que les he entregado, recuerden ser pacientes y pasar el entrenamiento antes de formar parte de algún escuadrón.

—¿Viste cómo derrotamos a esos demonios que huyen despavoridos?, y fue gracias a ti, déjanos ingresar a tu escuadrón —le solicita Penny.

—Tranquilízate, el gran guerrero tiene razón y no debes dirigirte a él con esa confianza —le sugiere Joey a Penny—, si quieres entrar al escuadrón debes tratarlo de señor.

—Esto es para ambos —les señala Akhaill—. Deben esperar muchachos, sé lo que hicieron hoy, sé que están preparados para luchar, pero las reglas deben respetarse, no existe el nepotismo, por lo tanto, deben avanzar de acuerdo con el tiempo que dedican.

Ante la poca respuesta en el campo de batalla, el líder de las bestias ordena la retirada. Una vez más se retiran fracasadas perdiendo la batalla y preguntándose hasta cuándo deberán esperar para un ataque masivo. Se preguntan y murmuran por qué su líder supremo no emerge a la superficie y derrota a los humanos. Su confianza y orgullo están por los suelos, ahora son seres dominados. Años atrás eran dueños de los miedos de los humanos, dueños de sus sueños, dueños de sus espíritus. Ahora son una fantasía divertida y de desahogo. Las bestias están vencidas y se retiran amargadas hacia sus cuevas. La idea de un nuevo ataque no ronda en sus cabezas, sólo su líder los puede ayudar, pero éste no se anima aún a atacar.

El líder de las bestias es precavido, no teme a nada, no se desespera, es un gran estratega. Lleva años ordenando espiar a los humanos y sabe que están en una era de inteligencia superior y tecnología que toca los cielos. Sabe del comportamiento de odio y maldad que existió entre las personas. Conoce a Akhaill, sabe que es el guerrero con un don especial, sabe de la organización de las ciudades después del mega terremoto. El gran demonio es un ser de infinita inteligencia y poderío. La gran bestia, conocida como el príncipe de los demonios, pronto emergerá y será el dueño, no sólo de los sueños de los humanos, sino que también de sus almas. El demonio milenario demostrará el verdadero poder que posee y en las ciudades volverá el terror, pero como nunca visto.

Ya las bestias llegan al inframundo y se reúnen con su líder, quien nunca ha ascendido hacia suelo terrestre. Los demonios le plantean que ya no pueden atacar con regularidad y menos conseguir carne humana, pero éste, mientras disfruta de un aperitivo consistente en dedos de la mano de un hombre, les pide calma y paciencia, que él ascenderá y acabará con sus vidas.

# 9. El ascenso del mal y del terror

Las bestias, hambrientas y sin poder hacer nada, se resignan cada vez más a la derrota y no cabe en sus mentes cómo acabar a los humanos con su maravillosa inteligencia, tecnología y a los guerreros comandados por Akhaill que parece invencible. Ya llevan varios años de derrotas y fracasos, si bien confían en la magnificencia y poderío de su líder supremo, de igual forma titubean si emergiendo éste será suficiente para derrotarlos. Las bestias no presagian que se vivirá una batalla en una de las ciudades símbolo de esta nueva era. Más que una batalla será una masacre que les devolverá el aliento.

Kroon pregunta:—Su majestad, con todo el respeto que merece. ¿Cuándo ocurrirá lo que menciona?

—¿Acaso no sabes que el tiempo puedo controlarlo, que no me impacienta, salvo a ustedes? —le inquiere el gran demonio.

—Su excelencia, no quería faltarle el respeto.

—No te preocupes —le dice a Kroon—, por lo menos tienes las agallas de decirme algo que todos piensan.

—¡Dheed! —llama el gran demonio.

—Diga su majestad.

—Irás con Ghozzen y con un gran grupo de nuestro ejército alado hacia la ciudad llamada Elpida y harás lo siguiente…

—Sí mi señor —responde Dheed.

Akhaill se reunió con expertos geólogos, quienes le plantearon deshacer toda posible intervención con misiles a distancia, debido a la fragilidad de las cortezas alrededor del mundo. Le mencionaron que un ataque masivo con misiles de gran alcance podría reactivar cualquiera de las fallas existentes. Lo anterior para alertar a aquellos líderes que quieran realizar este tipo de ataques.

En las afueras de las cuevas vigiladas, los guerreros y personal de comunicaciones instalados como de costumbre, observan los movimientos y monitorean los diversos nidos de bestias y si algún demonio entrase o saliese del lugar.

—Atención sargento —clama el capitán—, informar estado actual a petición.

—Sargento a cargo indica: Señor, sin movimientos por informar, no hay actividad enemiga.

De pronto comienzan a salir los demonios de sus nidos y en gran cantidad.

—Señor, informando nuevamente sargento a cargo, un grupo bastante amplio de alados está saliendo, son demasiados.

—Sargento —le señala el capitán—, apague y desactive todo, no ataque, camúflense. Mis radares informan que ya han salido más de mil demonios y siguen saliendo. Repito, no exponga a sus hombres.

El sargento dio la orden de apagar todos los sistemas y mantenerse camuflados en su posición, una verdadera lluvia de seres alados sedientos de sangre los cubre. Los soldados están con temor y expectantes.

El capitán se comunica con el guerrero Akhaill:

—Señor, un grupo de demonios se dirige hacia la ciudad Elpida.

—Estoy demasiado alejado de esa posición — expresa Akhaill.

—¿Qué tan alejado? —pregunta.

—Capitán, en ciudad Elpida hay suficiente defensa para disuadir su ataque —responde el gran guerrero.

—¿La hay para seiscientos mil demonios señor? —inquiere el capitán.

—Imposible, son demasiados. Capitán, debemos dar la alerta y que la mayoría de los escuadrones se dirijan hacia Elpida.

Capitán vocea:

—Se informa a los escuadrones del atlántico sur, norte y pacífico sur, se dirijan hacia ciudad Elpida, ya que un grupo de seiscientos mil demonios está próximo a llegar. Deben defender la ciudad y a todos sus habitantes con sus vidas.

Escuadrón Pacifico Sur requiere con preocupación:

—¿En cuánto tiempo llegarán las bestias?

—Están a dos horas del objetivo —responde capitán.

—Copiado —replican los escuadrones.

Los escuadrones se movilizan en aviones que pueden traspasar los diez mil kilómetros por hora, por lo tanto, si hay escuadrones que se encuentran a doce mil kilómetros, en un poco más de una hora estarán allí, de hecho, ya llegaron a Elpida escuadrones y doscientos mil soldados antes que los demonios, un número igual de impresionante, y deben llegar aún más.

Akhaill entrega las instrucciones:

—Todos los miembros de los escuadrones y soldados deben estar alertas. Los alados llegarán en media hora, preparen toda su artillería, no deben tener piedad, cada puesto de combate es importante, por lo tanto, no deben perder la posición, será la batalla más grande vista y vivida y ustedes estarán en ella. Deben ser más que héroes, deben ser leyendas, deben ser humanos, ¡deben ser feroces guerreros y luchar por nuestra especie! ¡A PREPARARSEEEEEE!

—¡SÍÍÍÍÍ, CON TODOOOOO! —responden los escuadrones.

Las palabras del guerrero fueron muy certeras, estarán en el combate más grande que la humanidad vaya a presenciar, incluso más aún que el día D. Seiscientas mil bestias hambrientas, bestias muy fuertes y resistentes, con ese número es difícil saber quién saldrá victorioso. Las bestias aladas con sus armaduras eternas, hechas con el material más duro o las armas humanas y la tenacidad de Akhaill y sus guerreros. Son armas de combate completamente diferentes, en donde los humanos se ven limitados al uso de fuerza extrema, como misiles, cañones del más grueso calibre o cualquier arma capaz de provocar daños y ruido que alteren a la afligida madre Tierra.

Aunque las palabras hayan calado hondo en los grupos de defensa, Akhaill sabe que quienes decidirán la batalla serán ellos con espadas y no con armas. Algo muy peligroso, sobre todo para los guerreros con poca experiencia, pero que no están dispuestos a flaquear, saben que la humanidad está en seria amenaza y deben luchar con todas sus fuerzas. Las palabras tocaron el corazón de todos los miembros de la Defensa por la Humanidad, es así como se llamarán de ahora en adelante todas las fuerzas de seguridad y que ya no defenderán los intereses de otros, defenderán las vidas de todos.

—El enemigo está a diez minutos de la ciudad —indica preocupado el jefe de comunicaciones.

Los escuadrones logran divisarlos a lo lejos, pero de pronto los demonios, increíblemente, se desvían de su posición a toda prisa, cambiando el curso drásticamente.

*«¿Qué está ocurriendo?, ¿por qué se están retirando?*, se pregunta con inquietud Akhaill, *esto es muy extraño, ¿qué traman?»*

—Mantengan su posición, no se fíen.

Mientras tanto, a cinco mil kilómetros, en ciudad Visionaria, otra megatrópolis, la más importante del mundo debido a sus avances tecnológicos y poderío económico y que se encuentra entre las mejores ciudades para vivir, sucumbirá ante el líder de los demonios y sus súbditos. Un soleado día de verano llama a la frescura en la ciudad, la gente se divierte en las fuentes y piscinas, se relajan de los días de trabajo, aquí hay buena fuente de empleo para las personas, es una ciudad ordenada, tranquila, no corrompida, con inteligencia. Cuentan con un grupo de defensa amplio, pero por ahora, encontrándose desprotegida, debido a que los escuadrones y soldados que la cuidan constantemente se encuentran en ciudad Elpida esperando el ataque de los seiscientos mil demonios, ataque que no se ha llevado a cabo, ni tampoco se llevará, los demonios llegarán a Visionaria.

Siguen las familias disfrutando del día, hasta que de pronto comienza a retumbar la Tierra, el ruido y el movimiento son cada vez más intensos. La gente comienza a preocuparse, parece el sonido de un terremoto. La Tierra está tambaleante, hasta que el ruido y el movimiento traspasan los suelos y desde los cimientos y profundidades aparece el demonio alado más grande y terrorífico jamás visto, acompañado de miles de ratas gigantes y demonios alados similares a él.

Emerge éste clamando con un siniestro grito:

—¡SIN PIEDAAAAD!

De pronto comienzan a atacar a todo lo que se mueve: personas, mascotas, androides. Destruyendo todo a su paso.

—Atención a los escuadrones —grita el jefe de comunicaciones—, Visionaria está siendo atacada por miles de demonios.

—¿Cómo no se informó antes? —pregunta alterado Akhaill.

—Aparecieron desde debajo de la ciudad señor —responde el jefe de comunicaciones.

—Escuadrón Pacífico Sur y escuadrón Atlántico Norte, síganme. Los demás mantengan posición. Jhonny Freeck quedas a cargo. A máxima potencia, debemos llegar lo más pronto posible. Todo escuadrón que se encuentre cerca dirigirse de inmediato —ordena Akhaill.

—Señor, no podemos activar ultra velocidad en tan corto tiempo, podemos explotar Akhaill —responde Jany Dileo.

—Lo sé Jany, pero debemos arriesgarnos —responde decidido Akhaill y piensa:

«May resiste, pronto estaré contigo. Qué gran organización tuvieron las bestias para realizar este ataque, fue un total engaño. Lo que no me calza, ¿cómo pudieron aparecer desde debajo de la ciudad?».

Mientras, el radar de las hermanas muestra que la nave de Akhaill sube la velocidad por sobre el límite después de activar ultra velocidad. Las hermanas no se lo recriminan, saben que por más que lo alertasen, hará caso omiso, seguirá y llegará a toda costa a Visionaria a defender a las personas y a su amiga May. Todos saben que la persona más cercana al guerrero es May y en ella piensa Akhaill, en su gran amiga y compañera. Mientras, se aleja y deja muy detrás a las demás naves.

Están a casi media hora de distancia, May Liu se quedó en Visionaria para proteger a los líderes ancianos de numerosas ciudades que se encuentran realizando alianzas en seguridad para las personas y preservación de la especie. May trata de proteger como puede, la matanza es épica, horrible, espantosa. Los líderes de escuadrones y soldados tratan de aplacar el ataque de los demonios, pero estos son demasiados, además de las ratas que acompañan a la bestia líder. Éste, a su vez, tiene un poder impresionante, los tanques y naves no son rivales para él, que desprende una gran potencia alzando sus alas y golpeando con éstas, al mismo tiempo de que lanza fuego desde sus fauces en gran cantidad.

—Akhaill, estamos siendo vorazmente atacados —señala May Liu—, ¿cuál es tu posición?

—Resistan —responde Akhaill—, vamos en camino, no te hagas la heroína.

—¡APRESURENSEEEE! —May Liu grita.

—¿Ivajjo cuál es tu posición? —pregunta Akhaill con fuerza.

—Señor, a diez minutos, soy el más próximo —responde Ivajjo.

—¿Cuánta fuerza llevas? —le pregunta Akhaill.

—Avanzando con veinte escuadrones y más de tres mil soldados hambrientos y equipados ferozmente, señor —responde.

«*Dense prisa por favor*» —son los pensamientos del guerrero.

El anciano líder de Visionaria, Enoggh, al ver cómo su ciudad está siendo destruida, sale de su refugio a enfrentar a las bestias en un acto de emoción y muerte súbita. Los demás líderes lo incitan a volver, pero él no decaerá y morirá junto a los suyos. Enoggh, uno de los mejores líderes y más influyentes, está destrozado al ver la obra de Visionaria convertirse en cenizas. Al tiempo que recorre la ciudad, una bestia se dispone a atacar a un niño, pero el justo anciano intercede, la bestia lo deja malherido y un grupo de roboandroides lo socorre, pero no alcanzó a ser suficiente, el anciano muere en los brazos del niño a quien salvó. Enoggh será una gran pérdida para la humanidad y su sociedad.

Mientras, May Liu hace lo que puede, las fuerzas enemigas son muchas y despiadadas, no miden entre indefensos y protectores, atacan con la mayor ferocidad, aniquilando y destruyendo todo lo que tocan. Ante esta situación, las fuerzas defensoras de la ciudad deben atacar con mucha cautela, ya que se encuentran los civiles de por medio. Los escuadrones comandados por May Liu van en retroceso ante los embates enemigos. May se encuentra en medio de una pelea acompañada por ocho miembros de escuadrones dispersos, combaten a trece demonios en una batalla verdaderamente intensa y sangrienta, batalla en la que solamente quedaron dos en pie, la gran guerrera y un demonio muy poderoso.

—Eres una chica muy habilidosa, manejas muy bien el arte del combate —señala admirada la bestia.

May Liu responde al comentario:

—Poseo variadas técnicas provenientes de mi dinastía.

—Ya veo, ¿y cuál es tu dinastía? —pregunta.

—¿Y acaso te sirve de algo saberlo monstruo? —responde May.

—Ja, ja, ja, y dime, ¿por qué te cuesta mencionarlos?, además, ¿no borraron todos los registros de su pasado?

—Si tanto te interesa, es la dinastía Liu–Zhang —le afirma May.

—Oh, tú te refieres a la Liu–Zhang de Asia por el Este, cercanos a la gran muralla por el norte —le replica la bestia.

—¿Tú cómo lo sabes? —le cuestiona May.

—Yo acabé con tu dinastía, tú eres lo último que queda y tu descendencia ya no tendrá el apellido Liu, aunque ahora lo utilicen como un nombre.

—Mentira —dice May—, es ridículo, mi abuelo y mi padre fallecieron hace muchos años, ustedes sólo llevan unos cuantos atormentándonos.

—Y qué te dice tu corazón, ¿presientes algo? —pregunta el demonio.

La guerrera tomó las palabras como una provocación, de esas que siembran dudas y temor. Mientras la batalla continúa, los dos poseen habilidades y destrezas únicas, no se dan tregua en el combate, aunque May ya se está agotando y levemente se inclina la balanza al demonio.

—Ya te queda poco, sólo debo ser paciente —dice el demonio riendo levemente.

—Son ideas tuyas, mientras más hablas, más quiero liquidarte —afirma May.

—Lo mismo dijeron tu abuelo y padre —señala la bestia.

—Sigues con la intriga, eres un cobarde, pero te digo que tus comentarios no me afectan. ¡MONSTRUO!

—Ya terminemos la charla entonces.

El demonio comienza a atacar con más fuerza y rapidez, May, al estar agotada, es cada vez más vulnerable, alcanzada por los golpes y gritos del ser. Los escuadrones y Akhaill están perdiendo a uno de sus guerreros más importantes.

—Me gusta ser objetivo, así que te diré. Serás más rival que tu abuelo y padre, si estas palabras te sirven antes de que te asesine.

—Eres un maldito mentiroso bestia ¿o tienes nombre? —pregunta May.

—Kroon ja, ja, ja, ahora soy Kroon.

De pronto llega un escuadrón lanzando proyectiles de baja intensidad a la bestia, estos casi los alcanzan. Es Ivajjo y su escuadrón rastreando el dispositivo de May, haciendo huir al demonio y rescatándola de las fauces de éste.

En poco tiempo va llegando más ayuda a la ciudad y los demonios retroceden, vuelven a ese foso inmenso que hizo su líder con su magno tamaño. En ese instante aparecen Akhaill y sus escuadrones, haciendo retroceder notablemente a las bestias en combates llenos de fuerza y rapidez, las personas comienzan a aclamar sus acciones y los demonios retrocediendo, pero de pronto aparece el líder de las bestias en esa posición y comienzan a desaparecer y cambiarse esos gritos de júbilo por gritos de miedo.

*«Quién será ese sujeto, tiene un tamaño y fuerza increíbles»*, piensa el guerrero.

El demonio está a punto de atacar una turba, pero Akhaill intercede, la gente clama y se espera un encuentro épico, único, espectacular, entre los dos líderes, el de humanos y el de bestias.

—Te respeto porque para ser un humano, tienes esa gran velocidad y destreza, pero no intentes ni siquiera pensar que puedes enfrentarme, ningún ser humano puede, aunque te repito, para mí vas más allá de serlo —expresa el gran demonio.

—Y qué hago, ¿dejo que asesines y devores todo a tu paso? —pregunta Akhaill.

—¡NO INTERVENGAS! —exclama furioso el gran demonio.

Entonces comienza una batalla increíble, Akhaill contrarresta los ataques del demonio con gran eficacia, inclusive llegó a golpear fuertemente a la bestia.

—Voy a seguir halagándote, eres el primer humano que me golpea y serás el último.

La bestia comienza un ataque despiadado y feroz, usando sus alas y tamaño, sumando la rapidez de sus puños, dejando al gran guerrero tendido en el piso. La gente está desorientada y atemorizada por lo que presencian, su gran héroe está siendo brutalmente golpeado, lo están aniquilando delante de sus ojos, le queda poco al gran guerrero, quien no encuentra explicación a lo que está sucediendo, pero de pronto llega un gran potencial de ayuda. Las grandes y valientes gemelas arribando con fuego de salvación para el guerrero y cerca de treinta escuadrones con diez mil soldados más arremeten al ataque, haciendo retroceder al líder y sus demonios.

—Creo que por esta vez vives, la próxima no existirá. Retrocedan mis súbditos, ya fue suficiente por ahora. ¡Ggrrooooaaarrgg! —gime con fuerza el gran demonio.

Los demonios retroceden y las secuelas e imágenes de lo que dejó el ataque son impactantes, dolorosas, escalofriantes; son la postal de un recuerdo imborrable para la historia de la humanidad. La destrucción que provocaron los ataques fue una matanza cercana a los cinco millones de personas entre muertas y desaparecidas, sin contar animales y mascotas, cinco millones de vidas que se esparcían por los campos de sangre, además de los gastos en androides, infraestructura, vehículos, edificaciones y demás, pero el daño esencial más significativo e importante para los habitantes, fueron los campos de cultivo de la ciudad, estos abastecían no sólo a los cincuenta millones de Visionaria, sino que a la mitad de las ciudades, además sufrieron la pérdida de la fábrica de roboandroides, Alltros, la principal del mundo y que abastecía a la mayoría de las ciudades. Mientras, los grupos de rescate socorren a los heridos, de entre ellos Akhaill y May Liu, quienes son llevados hasta el hospital para sanar sus heridas, se encuentran maltrechos. El pensamiento del guerrero no tarda en asimilar la desgracia que había ocurrido y es por el gran demonio, un demonio desconocido, un demonio de una fuerza y poder inigualables.

Los líderes más importantes de las ciudades, investidos como Ciudades Organizadas, acordaron una junta extraordinaria en la mesa central de ciudad Comitium, sede oficial de las C.O., que no debe perderse ningún minuto y actuar rápidamente.

Líder Hausterra exclama con fuerza:

—Miembros y líderes de las naciones ciudadanas de la Tierra, sufrimos el voraz, mortal y devastador ataque de un grupo importante de demonios, el cual destruyó casi en su totalidad a Visionaria y al líder anciano, según los reportes de los brigadistas y estadistas, además presenciamos a un nuevo enemigo, que al parecer es el cabecilla de los alados. Antes de que corra el video, haremos un minuto de silencio por las víctimas del voraz ataque y por el gran líder que fue Enoggh. Su muerte será una pérdida irreparable para la humanidad.

Al terminar el minuto de silencio y respeto ordena:—Agente, corra el video.

—Observen bien —señala el agente—, se ve la calle normal, parece un día cualquiera, pero pongan atención, porque está a punto de aparecer el gran demonio alado.

Se siente un silencio tenebroso, de pronto en el video se escucha cómo empieza a retumbar la Tierra, el sonido cada vez es más intenso, mientras los lideres siguen observando con atención, hasta que el sonido se vuelve envolvente y molesto y con un gran grito emerge el demonio y se observa la gran cantidad de demonios que salen junto a las ratas.

—Ratas enormes —dice un líder.

—Tiene un poder increíble —menciona otro.

—Agente, ¿cuánto mide la bestia? —pregunta el líder de Ciudad Nueva.

—3,87 metros de alto y la extensión de sus alas es de catorce metros, señor —responde el agente.

—¿Y las ratas? —interpela el líder.

—1,20 metros señor.

—Es un espécimen único en todo, en tamaño, fuerza e inteligencia —comenta líder Elpida.

—¿Inteligencia? —pregunta líder Sinisterra.

—Por si no lo saben —expresa líder Elpida—, todo el ataque fue minuciosamente planeado. Primero un grupo de seiscientas mil bestias se dirige a ciudad Elpida para realizar un ataque. La totalidad de nuestros escuadrones se dirige ahí llegando antes que las bestias para resguardarla, kilómetros antes de que éstas lleguen, se desvían extrañamente a toda velocidad para que no las alcancen. En Visionaria, mientras tanto, se vivía la vida de manera normal, hasta que desde el interior de la Tierra emergía este líder con toda su fuerza y sus súbditos. ¿Acaso no les parece extraño?, sólo él sabía que emergería desde los suelos, destruyendo todo, avanzando por debajo de la

Tierra, dejando verdaderos túneles, nadie podría prevenir tal poder, tan sólo esta bestia, únicamente la enorme bestia sabía que llevaríamos la mayoría de nuestras fuerzas a Elpida, sólo él sabía aquello y nos desprotegimos.

—Pero eso no significa que posea inteligencia —comenta líder Sinisterra.

—Líder Elpida, cálmese por favor —pide líder supremo Comitium—, entendemos su postura. La bestia realmente es astuta, usó dos ciudades estratégicas como lo son Elpida y Visionaria. Sabemos que ambas megatrópolis son de lo más importante en el mundo, debemos activar un protocolo multi ciudadano y que todas las ciudades sean resguardadas al máximo, continuar con la entrega de armas de grueso calibre a todos los habitantes de las ciudades, además del toque de queda total en Visionaria y en el resto de las ciudades, sólo se podrá transitar de 08:00 a.m. hasta las 10:00 a.m., esto hasta nuevo aviso.

—Eso es lo más razonable que podemos hacer líder supremo— señala un líder.

—¿Quieren ver lo siguiente? Agente, corra el video por favor —pide líder Elpida.

El agente proyecta el video y se aprecia la destrucción de los campos de cultivos y de Alltross.

—¿¡Quéee!? Las siembras, no puede ser, moriremos de hambre, la principal fábrica de roboandroides —señalan los líderes.

—Ahora, estimado, ¿me va a decir que fueron casualidad los ataques? —expresa líder Elpida—. Es más, agente, visualice la otra imagen y observen bien la actitud de los demonios.

—Están raptando personas —señala muy preocupado líder Kalim.

—Pero ¿qué tiene de extraño?, siempre lo hacen —exclama líder Hausterra.

—Observen bien —aconseja líder supremo Comitium.

—Sólo llevan personas que no hayan sido heridas —agrega líder Sinisterra.

—Exacto —dice líder Elpida—, siempre raptan personas, estén éstas heridas o hasta muertas para su dieta, pero ahora sólo llevaron a aquellas sin ningún tipo de heridas. Observen en la imagen cómo esos demonios hasta las protegen. ¿Qué creen ustedes?

Los líderes se miran nerviosos.

Akhaill alcanzó a estar sólo un día hospitalizado cuando debía de estar por lo menos siete y se dirigió a lo que alguna vez fue la gran Visionaria, que ahora es la gran ciudad de destrucción.

Akhaill reflexiona: *«¿Qué sucedió?, teníamos todo bajo control, a todos contentos y ahora esto»* (mientras recorre las calles). *«¿Cómo pudimos pasar de la luz a la oscuridad?, ojalá nos levantemos pronto»*.

Las calles de la ciudad son una postal apocalíptica, una postal con ríos de sangre, paisajes desoladores y majestuosa tempestad de miedo y terror. Las calles de Visionaria son parecidas a lo que alguna vez imaginaron los humanos sobre el infierno, en donde el dolor, sufrimiento y horrendas muertes, estaban ahí, además del fuego que consumió a la ciudad, parecían pertenecer al lugar del sufrimiento, aquel lugar mítico que olvidaron. Visionaria, que ya no será recordada como la megatrópolis del futuro evolucionado y del comportamiento de sobrevivencia a cientos de años que debe tener el ser humano, será recordada como la ciudad de la muerte, llamas y sangre, una debacle para el espíritu y moral humana. Los humanos perdían a una de sus ciudades emblemas.

Que las ciudades posean suelos cultivables es un privilegio para algunas, debido a su carencia en todo el planeta. Los suelos de Visionaria y sus verdes prados increíblemente cuidados y conservados, después del mega terremoto, eran un verdadero milagro para estos días. Visionaria será la que dejará adolorido al humano y le dará en su orgullo.

Así pasaron los días, May salió del hospital y se dirigió inmediatamente a Visionaria, debía encontrar algo que le diera alguna pista sobre lo sucedido y más aún de aquel demonio que la venció, sin percatarse de que Akhaill se encuentra allí.

May Liu piensa: *«Qué desgracia, por qué tanta masacre»* (mientras observa la devastación). *«Por qué ese demonio conoce a mi abuelo, por qué después nombró a mi padre»*. ¡AAAHHH! ¡POR QUÉÉÉ!

—May cálmate, ¿qué te ocurre?, —escucha ella mientras Akhaill la abraza y trata de controlarla—, ¿cómo estás?

—Bien, gracias —responde May más tranquila—, pero ¿y tú amigo, cómo estás? ¿Por qué estás aquí?

—Me siento mejor, están casi sanadas mis heridas —Akhaill, señala—. Desde que salí del hospital vengo a buscar respuestas. Aquel día enfrenté al demonio más grande jamás visto, mide el doble que los demás y tiene una fuerza y rapidez increíbles, no van con su tamaño, lo más probable es que sea su líder.

—Un demonio más grande y feroz —dice May—. ¿No le hallaste su punto débil? Tú eres el más poderoso de todos, más poderoso que cualquier demonio.

—No, su ataque fue muy rápido y mortal, alcancé sólo a golpearlo.

—No puede ser todo lo que está sucediendo —señala May impactada y temblorosa.

—Todo lo sucedido es muy trágico, un nuevo enemigo, las muertes, la destrucción de la ciudad y las cosechas, es de verdad impactante para todos, pero te conozco. Dime por qué estabas tan eufórica e histérica, nunca te había visto de esa forma. ¿Qué te sucedió? —le pregunta el guerrero, mientras hay un silencio inquietante entre ambos.

—La verdad es que hay algo que no me deja concentrar y me tiene muy inquieta. El día del ataque, mientras repelíamos y defendíamos a los ciudadanos, un grupo de demonios y algunos guerreros combatíamos ferozmente. Fue tan cruel la batalla que sólo quedamos dos, un demonio muy poderoso y yo.

—Ok, sólo quedaron ustedes combatiendo.

—En una parte del combate lo estaba venciendo y comenzó a hablarme, diciéndome que era una chica muy habilidosa y aquí fue lo más extraño, nombró a mi abuelo y posteriormente a mi padre, aludiendo que los había derrotado.

—¿A tus descendientes?, ¿no habrá sido una trampa?

—No, ya que los nombró, es decir, a mi dinastía. No sé dónde buscar respuestas, mi madre falleció hace unos años y no sé si tengo familiares cercanos que me puedan ayudar.

—Las cosas se complican cada día más —Akhaill comenta—, parece que ellos saben más de lo que creemos sobre nosotros, debemos estar alertas y no fiarnos. Bueno, me retiraré, iré a entrenar muy duro, presiento que tendré otro encuentro con la magna bestia.

—Te acompaño, yo igual, debo entrenar al máximo —asegura May.

## 10. Un nuevo ataque con un sacrificio de sangre

En el otro frente, algunos demonios se encuentran en la superficie en unas antiguas ruinas de tiempos milenarios preparando una plataforma, en los subsuelos del planeta hay cientos de rehenes encerrados con temor, mucho temor. Los demonios los amedrentan, incluso hubo una bestia que intentó atacar a un humano, pero un demonio de rango repelió el ataque diciéndoles:

—Por órdenes de su excelencia no debemos hacer daño a los humanos, dañados no nos sirven y muertos menos.

Los tienen encerrados en celdas muy oscuras, los demonios sólo utilizan antorchas e incluso a veces nada para alumbrar los más oscuros confines del mundo subterráneo.

Mientras tanto, en Comitium continúan las reuniones de los líderes, aún no descifran quién es el magno demonio y por qué ese comportamiento al momento de raptar personas, todavía no dan crédito a la voracidad y poder de la enorme bestia y a la actitud de los temidos seres.

—Debemos averiguar quién es esa bestia —señala líder Elpida—, no basta con lanzar hipótesis, la situación es grave. Para obtener información, debemos ordenar una comitiva que tenga acceso a los archivos del antiguo mundo, la comitiva debe ser, cuando más, de cinco personas, deben ser responsables y objetivos.

El líder de Asthorya encuentra muy buena la propuesta, pero declina en la cantidad de personas.—Me parecen muy pocas las personas para integrar la comitiva. Si queremos obtener máximos resultados, deben ser como mínimo diez.

«Sí», dicen algunos. «No», otros líderes. En ese instante el líder supremo de Comitium menciona:

—Silencio por favor, se llevará a cabo la propuesta del líder de Elpida y se deberá elegir una comitiva, deberán proponer si ésta será de entre cinco o hasta diez personas, pero antes de que lo hagan piensen bien. Vamos a desclasificar archivos que pueden afectar nuestra idiosincrasia, ya llevamos muchos años viviendo de esta manera para que nos juzguen y será sólo debido a la aparición de esta bestia. Deberemos desarchivar la historia antes del mega terremoto, debemos prepararnos para averiguar quién es esta bestia y cómo podremos derrotarla. Debemos ser objetivos e imparciales.

Los líderes deberán escoger a seis personas para realizar la comitiva de investigación y desclasificación de archivos de confidencia extrema. Como es sabido, después del mega terremoto los humanos guardaron los archivos de la historia de la humanidad y son varios estantes con información de todo lo referente al pasado, por lo tanto, la decisión abarcó a una cantidad limitada de personas para que nadie pudiera tener acceso a esa información. Se escogería a la comitiva en tres días más.

Los líderes quedaron satisfechos hasta ahí, pero ronda la otra pregunta: ¿Por qué raptaron personas que no estén heridas?, a veces eso no importa, pero mediante las grabaciones vistas, se observa claramente que las bestias llevan sólo personas sanas, incluso se ven imágenes en las cuales hay alados que llevan personas sin heridas, pero si éstas reciben algún proyectil o el mismo monstruo las hiere por casualidad, la cambian de inmediato por una persona sin lesiones. Los líderes están muy preocupados y algunos piensan si tendrán que ir en su rescate. Según personal estadista y de telecomunicaciones, ciento treinta personas fueron raptadas, además de llevar cientos de cadáveres para su dieta. Es una cifra alta de almas, pero que conlleva a un riesgo enorme ir en su ayuda.

—Debemos ser cautelosos —aconseja líder de Espacta—, si bien son ciento treinta almas afligidas, en estos momentos no podemos hacer más que estar con ellos a la distancia, un intento de rescate sería letal, no existen posibilidades.

—Por ahora no hay chances de derrotar a las bestias —asegura líder de Posiladesa—, más aún con este nuevo enemigo, que al parecer, y lo más seguro, es que sea su caudillo. No podemos arriesgar más vidas, mandar un escuadrón sería una matanza.

—Se enviarán patrullas de roboandroides a realizar rondas, sin embargo dudo que los encuentren —dice líder supremo Comitium—. Debemos estar con ellos desde aquí y pedir que tengan una muerte digna en lo posible, debemos enaltecer esas almas, es muy incierto lo que les harán.

Los líderes de las diferentes ciudades dan sus opiniones y sentencias sobre el hecho. Algunos pensamientos son: «*Devorarán y torturarán a los seres humanos*». «*Harán experimentos con estos*». «*Los faenarán*». «*Los usarán como sacrificio*». Éstas y otras hipótesis rondan por sus mentes. Algunos creen que estas personas se encuentran destinadas para otros demonios por debajo de la Tierra, pero sólo son hipótesis. Lo que no saben los líderes es que, efectivamente, se tratará de un sacrificio para generar un gran poder.

Las personas siguen impacientes y temblorosas en las celdas donde son custodiadas por las bestias. Mientras tanto, en las ruinas de Chakka, el gran demonio y sus bestias preparan la plataforma de sangre, realizan una serie de oraciones alrededor de su líder, se preparan para un ritual, un sacrificio. Dentro de la gran plataforma caben más de cien personas, ciento treinta para ser más exacto. ¿En qué consiste el sacrificio? Las personas raptadas de la ciudad atacada deberán ser colocadas en la plataforma de sangre, mientras los demonios aguardan en Chakka y las aterrorizan, deben provocar el máximo de miedo en éstas. El ritual continúa y las bestias van llegando con las personas.

Akhaill y los escuadrones siguen buscando pistas en la ciudad devastada por los demonios, sólo encuentran el caos en su camino. El gran guerrero se localiza justo en la escena donde tuvo lugar su combate contra el rey de las bestias, recordando la batalla y reconociendo amargamente la derrota, de no ser por los escuadrones que llegaron a tiempo, habría perecido en manos de la bestia. Akhaill tiene muchas cualidades que lo destacan como el mejor guerrero y como una gran persona, pero también tiene otras que le quitan el sueño, como el orgullo. La derrota ante la bestia lo hirió realmente y dejó su orgullo por el suelo.

Blanche Ito llega hasta la posición del guerrero diciéndole:

—Akhaill encontramos algo.

El guerrero reacciona y se dirige donde le menciona Blanche.

Ambos llegan hasta el lugar y en una de las paredes está escrita la siguiente frase: «Gran guerrero ir al bosque de fuego». Las palabras desconciertan a los miembros de los escuadrones que no encuentran explicación posible a lo escrito, palabras que enmudecen y silencian el entorno en una especie de pánico oculto, palabras escritas con la sangre de las víctimas del ataque, palabras que llegan hondo entre la duda, la sorpresa, la rabia y la ira. Sentimientos encontrados entre burla por lo escrito y venganza por las letras hechas de sangre de sus iguales. Algunos guerreros reciben esto como una provocación directa de los demonios, que sólo quieren despistar la atención del ataque realizado en la megatrópolis, otros creen que los demonios quieren emboscar al gran guerrero, otros simplemente no hallan respuesta. May Liu cree que Akhaill debe ir al mencionado bosque.

—Lo mejor será que Akhaill vaya a ese lugar, debe hallar la verdad, debe seguir su corazón—asegura May.

—Es arriesgado, huele a trampa —Blanch Ito complementa lo señalado por May—. Todo esto es muy extraño, sabemos tan poco sobre ellos, sólo que hablan nuestro idioma, pero ¿eso será suficiente para que sepan la escritura?

—Sí, todo es tan extraño, debes tener cautela Akhaill —afirma Jhonny Freeck—. Los demonios son muy astutos, ya nos lo han demostrado en muchas ocasiones.

—May Liu, ¿tú qué opinas de esa escritura? —pregunta Akhaill.

—La verdad no tengo una respuesta, estoy tan sorprendida como muchos aquí y reconozco que me genera temor, pero de todas formas siento a la vez un grado de confianza, algo que de verdad nos dé una respuesta.

*«Eres tan sabia, la verdad no es la que nos dicen, sino la que sentimos, tengo esa misma sensación, esa sensación de ligera confianza que será tan grande como lo que queremos saber»*, reflexiona Akhaill.

Muchos guerreros no comparten las palabras de May, protegen en demasía a Akhaill y saben que si éste sufre una emboscada, los guerreros y la humanidad perderán a un gran amigo y protector, el más grande de todos.

Ya en las ruinas de Chakka, ciento treinta personas desnudas, reunidas en la plataforma de sangre, esperan para terminar con el ritual. Son como bovinos al matadero, ahora sienten lo mismo que un animal cuando lo sacrifican, asustados, temblorosos, resignados. Ya llevan dos horas de ritual y todavía quedan otras tres. Los sacerdotes del demonio alado siguen realizando oraciones malignas que utilizaban tribus paganas caníbales miles de años atrás. Mientras que las personas están allí aguardando y pensando lo peor, el miedo los dejó *shockeados*, sólo desean morir dignamente y rápido, sin dolor ni especulaciones. Es una verdadera intriga lo que está sucediendo, los demonios tienen algo verdaderamente espeluznante entre sus manos. Las ruinas de Chakka tienen una altura importante y se encuentran sobre una base rocosa de suelo inestable, de olor nauseabundo y ruido tembloroso que las hacen ver tenebrosas. Los demonios siguen con los preparativos, aguardan silencio, mientras los sacerdotes oscuros continúan blasfemando, hablando en el idioma legendario, que fue utilizado hace más de diez mil años por los caníbales de oriente.

Akhaill se dirige a descansar y el mensaje lo desconcentra por completo, ordena al visor y la computadora conducción aérea a velocidad crucero automático, de esta forma podrá evitar pilotear y reposar sobre el sillón, pero sin dejar de pensar en lo ocurrido, no teniendo claro cuál es el bosque de fuego, pero con toda la intención de averiguarlo e ir a la cita, pese a que la gran mayoría de los líderes y colegas le reprocharon a que no fuese a ese encuentro y que el bosque de fuego no existe. Observa una y otra vez los registros que dejaron las cámaras de la ciudad y el enfrentamiento entre él y el demonio y la fácil victoria de éste sobre su persona.

Los líderes y expertos están preocupados por la situación, una nueva misión hacia el territorio de los demonios ronda en sus cabezas. Se cree que con una expedición de cien escuadrones, cien mil soldados y ciento cincuenta mil roboandroides deberían participar, eso se habla entre pasillos.

En Chakka, lugar de delirio, ya está faltando poco para que se cumpla con el ritual, los sacerdotes ya están preparando a su líder y están pidiendo a los demonios que colaboren y que comiencen a rugir, a emitir sonidos de terror, sonidos que se mezclan con los de las personas, gritos de miedo, de pánico, de espanto. En un instante la plataforma comienza a descender lentamente, abriéndose los portales del inframundo para devorar a esas personas y absorber sus miedos, su sangre, mientras bajan muy lentamente, los gemidos siguen, llanto, pavor, bravura, se entrelazan y la plataforma sigue descendiendo hasta que llega a un tope muy por debajo y una luz brillante mezclada con el color de sangre intenso, sale de las entrañas de la Tierra para generar un destello acompañado de un ruido impactante. Toda esa energía absorbida de las personas y su sangre, se transforma en un poder inmenso que llega hasta las entrañas de la bestia líder. Esa energía contenida en su garganta la impulsa desde sus fauces, fuertemente hacia el espacio que impacta directamente al Apollo. El impacto y la magnitud del golpe de energía hizo que el titán desapareciera por completo y con él todas las personas que se encontraban trabajando, además se cortaron todos los medios de comunicación globales, quedando disponible sólo los locales. Una verdadera tragedia que lamentar, a unos días del mega ataque a Visionaria.

El comunicador emergencia exclama con pavor:

—Atención, atención, alerta máxima, porque el Apollo ha sufrido una embestida. Una gran energía lo golpeó de lleno, acabando con el satélite y con todas las vidas de las personas que se encontraban trabajando allí, se declara estado de emergencia.

La noticia se expandió rápidamente, y es que las personas en su totalidad contaban con el Apollo; televisión, internet, entretención miscelánea, comunicación en general. La fuerza tecnológica del Apollo cubría toda la Tierra y protegía a los humanos de los rayos del astro rey. No se sabe a ciencia cierta lo sucedido, pero todo apunta al gran demonio y sus bestias. En tan sólo unos días, los demonios dejaron por el suelo la autoestima humana. Moralmente se encuentran destruidos, las personas, sin pensarlo, culparon a las bestias, los medios de información transmiten la alerta, además desde los cielos se aprecia la gran explosión, pero nuevamente surgen las interrogantes: ¿Cómo lo hicieron?

Akhaill se encuentra en su hogar dormido por horas, sin saber lo sucedido, May lo llama incansablemente, el guerrero no es una máquina, tiene que descansar, dormir.

May es muy persistente, llega hasta su casa, tira la puerta debido a que éste no contesta, mientras sigue sumido en un sueño junto a su esposa e hija, un sueño hermoso, placentero del recuerdo de ambas, opacado por la bestia líder que las secuestra y éste es despertado bruscamente por May.

—Akhaill, atacaron el Apollo.

La esperanza cada vez es más vana, inalcanzable, se desvanece como partículas de polvo en el ambiente, contamina y asusta a los humanos. Segundo ataque mortífero en tan poco tiempo, segundo ataque tanto o más letal que el anterior. La decadencia se hace sentir, el fin de la globalización desaparece, el sistema de vida de las personas cambia bruscamente y el pánico se comienza a apoderar de los rostros, rostros de espanto y terror, todo con lo que gozaban las personas en su época dominante se les devolvía con las bestias, ahora todos los seres humanos están indefensos. La principal creación de los últimos anos, la creación que otorgaba un estatus de semidios al hombre, se evaporaba ante el fuego del gran emperador, el príncipe de las bestias, el gran demonio alado ya está cerca de vencer a los humanos. Lo que no saben las personas de todo esto es qué pasará con sus vidas. Comienzan los rumores sobre la inminente victoria de las bestias y del trato que éstas darán a la gente. «*Iremos como vacas al matadero*», dicen algunos, «*seremos su bocadillo preferido y lo harán mientras saborean nuestra sangre como vino*», dicen otros. La verdad es que la inquietud está tomando las calles y las personas saliendo en masa a exigir a ciudad Comitium y a las C.O., que se tomen cartas extremas y que envíen a la totalidad de los ejércitos a atacar a los demonios.

En ciudad Comitium las Ciudades Organizadas (C.O.) plantean cómo contraatacar.

—Debemos atacar sin control, misiles de gran alcance —señala el nuevo líder de Visionaria.

—Entiendo su postura, pero es demasiado arriesgado —advierte líder Elpida—, debemos ser inteligentes como la bestia, la subestimamos bastante, debemos planear un ataque muy bien estructurado, además recuerden la debilidad del planeta, ya se lo mencionaron los geólogos a Akhaill.

—En tratar de cuidar a la Tierra, las bestias ya nos habrán devorado a todos —responde líder Visionaria.

Líder Asthorya, indica:—Concuerdo con el líder de Elpida, debemos ser cautelosos, todavía tenemos tiempo para organizarnos.

—¿Qué propone, líder de Asthorya? —pregunta líder supremo Comitium.

—Fuego de mediana intensidad, primeramente, hacia todos aquellos lugares en que se sospeche que sean un sendero de las bestias, por lo general comenzar a atacar las cuevas de antigua Tijuana, posterior a ese ataque realizar una incursión con máquinas y que detrás de éstas vengan nuestros guerreros y soldados.

—Me parece una buena estrategia, pero debemos ser cautos, recuerden cuando los escuadrones fueron a atacar las cuevas de antigua Tijuana, no paraban de salir demonios, debemos sobreproteger a la humanidad y fabricar roboandroides de combate, esperémoslos en nuestro terreno —indica líder Sinisterra.

—Debemos ser prudentes y no subestimar a la bestia, refugiarnos en nuestras posiciones y estar ciento por ciento atentos, vigilancia las veinticuatro horas del día. —concuerda líder supremo Comitium.

## 11. El bosque de fuego y el arrepentimiento

Akhaill, May Liu y los guerreros de los escuadrones se sienten inútiles ante la presión de tan poderoso enemigo y cómo están perdiendo batalla tras batalla. Se alimentan de recuerdos de frustración ante la desazón de la derrota, tanto May Liu como Akhaill decayeron enormemente, junto a todos los guerreros repartidos en distintas ciudades, más ahora con la noticia de la destrucción del Apollo. El demonio había dado otro mazazo y que repercutirá de una manera única, los guerreros no dan cabida ante tan extraña sensación, sensación que los llena de miedo, ellos nunca lo sentían, pero esta vez es diferente. No encuentran respuestas a cómo el gran demonio había logrado perpetrar dos ataques muy significativos en tan corto tiempo. Los guerreros se sienten pequeños y a su vez siembran dudas de si intervienen o no. Pero el gran guerrero, aunque esté afligido, no está dispuesto a seguir flaqueando. Akhaill se levantará apoyado en los pensamientos a sus mujeres, que eran sólo de ellos y no de las bestias, últimamente sólo piensa en la gran bestia llevándolas, sin poder hacer nada, todo derrotado, mientras más piensa la rabia crece. Akhaill se puso de pie y emitirá un llamado mediante ondas de radio y que es el único medio de comunicación existente para todos los guerreros pertenecientes a los escuadrones.

Se dirige a sus colegas:

—¿Acaso no están aburridos de que sus pensamientos y temores sean cada día más y más de los demonios?, ¿acaso no están aburridos de sentir cómo su vida se esfuma de a poco, producto de sus miedos?, ¿acaso no desean estar en paz y tranquilidad en vuestros corazones? Pues la única forma de conseguirlo es saliendo de nuestros escondites e ir a enfrentar nuestros miedos y recuperarlos. Salgamos a recuperar lo que es nuestro.

—Síí, malditos monstruos, no les tememos —responden los escuadrones.

Akhaill unió a los guerreros para que juntos luchen por conservar su misma especie, levantó a los suyos, les elevó la autoestima, las ansias por vivir y de una vez por todas juntar a todas las personas del mundo y que sean una sola voz. Al ver que sus palabras fueron bien acogidas por los guerreros, enviará un mensaje para todos los habitantes del mundo; es el único capaz de unir a las personas y tranquilizarlas.

Akhaill les habla:—A los habitantes de este adolorido y muchas veces menospreciado planeta, todavía hay tiempo de reivindicarnos como personas, como seres humanos, como pares de una misma especie en peligro de extinción, siempre jugamos a ser dioses y sembrar el terror y ahora, valga la redundancia, nos toca a nosotros sufrir la agonía del miedo, debemos ser fuertes, los demonios se alimentan de nuestro temor, debemos ser unidos, ya no pelear ni destruirnos entre sí, sino ser uno solo, sin importar el nivel socioeconómico, el estilo de vida, los gustos o disciplinas que tengamos. Tenemos que unirnos en una sola voz y decir a las bestias que nos reivindicaremos como sociedad y lucharemos por nuestro único derecho universal, el derecho a la vida. Si vamos a morir que sea luchando y no rindiéndonos, que el último aliento de vida que vaya a ser apagado, se apague luchando y dando todo por sobrevivir y no lamentándonos. Hemos sufrido innumerables veces, implicados en guerras durante toda la historia de la humanidad, luchando entre nosotros mismos, pero esta vez es diferente, debemos luchar contra la extinción de la raza, ya no pelearemos por dinero, poder o territorios, sino por nosotros mismos, demos la pelea hasta el final, vamos humanidad, todavía nos queda historia por construir.

Las millones de personas en todo el mundo que escucharon el mensaje, gritaron con efervescencia y júbilo al sentir la esperanza que el gran guerrero les proporciona, sintieron el compromiso de unir fuerzas para derrotar a los demonios. El gran guerrero convocó a sus pares y los resurgió, los revivió y despertó de esta pesadilla y los instó a dar un mensaje a todas las personas, deben ser valientes y afrontar los problemas con la máxima búsqueda de soluciones, entender que la vida es el único derecho que poseen, y que por ella deben luchar.

Akhaill les solicitó a los guerreros que lo ayuden a descubrir el bosque de fuego, sabe que la esperanza se encuentra en aquel lugar, sabe que aquel mensaje es una salida y una respuesta al demonio líder y a cómo poder derrotarlo.

Escuadrones completos se encuentran buscando lo que podría ser el bosque de fuego, realizan rondas constantes en las naves supersónicas hacia lugares inhóspitos para acceder, sin encontrar respuesta alguna. Akhaill constantemente visita la ciudad devastada y al lugar en donde se encuentra el mensaje, los pensamientos rondan: «*¿Quién lo habrá escrito?*», «*¿será verdaderamente una respuesta?*», «*nadie conoce el bosque de fuego*». De pronto el gran guerrero siente una presencia, una presencia no maligna, pero en su aspecto sí. ¿Y qué es lo que ven sus ojos? Un demonio alado imponente, no es uno común. Akhaill se prepara para atacar, pero algo le dice que no, en ese momento la bestia le habla:

—No temas, sólo quiero conversar.

El gran guerrero está atónito, y le responde:—¿Tú escribiste el mensaje?

—Así es —le contesta.

—El bosque de fuego no existe, ¿cómo puedo confiar en ti? —le dice Akhaill.

—Éste es el bosque de fuego, el día que Beelzebuth atacó este lugar, sus edificios se transformaron en árboles ardiendo, producto de las llamas que salían de sus fauces.

—Beelzebuth, ¿es el nombre del magno demonio que atacó esta ciudad?

—Así es, Beelzebuth, el príncipe de las bestias —señala el demonio.

—¿Desde dónde provienen ustedes? ¿Cómo aparecieron? —pregunta Akhaill.

—Los demonios siempre hemos habitado en lo más profundo de la Tierra, los cimientos de ésta han sido nuestro hogar por miles de años, los demonios siempre hemos sabido de la existencia de los humanos en la superficie y si en miles de años atrás no atacamos, fue porque no existía ninguna salida hacia suelo terrestre, fue producto del mega terremoto que se pudo abrir un portal que nos trajo hasta su hábitat.

—Eso sucedió hace mucho tiempo, y ustedes aparecieron sólo hace algunos años atrás, ¿cómo no atacaron antes? —pregunta el gran guerrero.

—Eso sólo lo sabe Beelzebuth, él dio la orden de permanecer en nuestro sitio. Lo que sí comenzamos a hacer es salir de a poco a la superficie en aquellos lugares inhabitables para adaptarnos al sol y gracias a esa adaptación las bestias podemos tolerarlo.

—Entonces ustedes llevan muchos años en la superficie. ¿Saben todo sobre nosotros?

—Sí, sabemos cómo se fue comportando su sociedad y cómo ésta fue decayendo, aunque por lo que tengo entendido, siempre han tratado de destruirse entre sí, —contesta la bestia.

—Eso según la historia antigua y de algunos años atrás —señala Akhaill—. El hombre siempre ha sido una amenaza entre sí, pero no debemos involucrar a todas las personas, aquellas que no están sujetas al poder no tienen esa ambición como aquellos que sí lo poseen. He comprendido todos estos años que aquellos que más poseen, son más malignos, producto de la ambición, pero los desposeídos de lo material tienen el corazón más grande. Los más poderosos son los que hacen sucumbir a las masas, pero esta nueva generación está dispuesta a luchar y reivindicarse.

—Por eso es importante que sepas cómo derrotar a Beelzebuth. Él no posee un punto débil como las demás bestias —responde el alado.

—No entiendo tu postura, monstruo, cómo confiar en ti, además llevamos días tratando de encontrar un lugar que no existe.

—Yo siempre supe que sólo tú podías ser capaz de encontrar el bosque de fuego y lo hallaste, pero además de eso debía probar tu paciencia, la paciencia será fundamental, gran guerrero.

—Antes de comenzar a darme sermones y órdenes, podrías presentarte, demonio. ¿Eso eres?

—Eso soy ahora, pero antes de que te cuente mi historia déjame decirte que la mayor virtud de la gran bestia, es la paciencia. Él siempre supo cómo llegar hasta la superficie, él sabe cuándo realmente debe atacar. Si debe esperar años, siglos, milenios, lo hará. El tiempo no lo controla a él, es él quien controla el tiempo. Muchos años atrás, para ser más específico, en el año 1644, viví en los bosques de Massachusetts, antes Estados Unidos, mi nombre era Eduard Moore —le dice el alado.

—¿Qué quieres decir con eso de que antes eras un humano? (Se le venía a la mente lo que le había contado May Liu).

—¿Qué te dije de ser paciente? Tenía una familia, bueno para ser más específico eramos mi esposa y yo, por años tratamos de tener hijos, pero la causa realmente del porqué no podíamos, era difícil de saber, si era ella o yo. Después de años de intentarlo nació nuestro hijo, era lo más hermoso que había visto en mi vida, nuestras vidas se llenaron de amor, alegría y ternura, fueron nuestros años más felices, pero de repente todo cambió. Cuando él tenía seis años, sufrió una extraña enfermedad y falleció. El mundo se nos vino abajo, caímos en una depresión horrible, buscamos pueblo por pueblo a ver si existía alguna solución. Hasta que en un lugar nos dijeron que buscáramos un árbol con el tronco más inmenso que existía y que en aquel lugar vivía una bruja, ella podría darnos alguna respuesta, pero nos recomendaron que fuese yo solamente, era muy peligroso para una mujer. Llegué hasta ese lugar, que era muy tétrico, frío y oscuro, había una sensación extraña en el ambiente, de alguna manera la bruja sabía que iba por ella y me preguntó si estaba dispuesto a hacer lo que fuese para revivir a nuestro hijo, le respondí que sí que estaba dispuesto. Me dijo que el único método era hacer un pacto con el demonio y que mi alma le pertenecería, yo, al recordar a mi esposa e hijo fallecido, no lo dudé y lo hice. Al regresar a casa y encontrar a mi hijo vivo y a mi esposa llena de vida, sabía que había tomado la mejor decisión, al menos por ellos. Volvieron nuestros días felices, volvió nuestra vida, todo parecía normal, pero de repente mi hijo volvió a decaer y falleció nuevamente. Me dirigí al bosque indignado a buscar a la bruja, pero los lugareños me dijeron que la habían quemado. Al volver a casa mi esposa cayó en una depresión horrible nuevamente, aún peor que la anterior y que derivó en su muerte. Yo me sentía engañado, buscaba respuestas por todos lados y juré que algún día me vengaría, al poco tiempo de fallecer mi esposa, yo también fallecí y mi alma fue arrojada a lo más recóndito del inframundo, pero mi conciencia se mantuvo, siempre fui alguien de bien, nunca deseé el mal a nadie —le confiesa la bestia a Akhaill.

—¿Entonces tú fuiste un humano y al vender tu alma al mal, te transformaste en un soldado del gran demonio? —pregunta el gran guerrero.

—Así es, todos los demonios que combatimos para Beelzebuth fuimos humanos de un pasado muy oscuro —dice la bestia—; asesinos, violadores, pedófilos, entre otros, y nos transformamos en estas bestias. Como mi conciencia no decayó, mi alma busca tranquilidad y deseo volver a estar con mi familia algún día. Te daré información para que puedas vencerlo, debes ir al encuentro con los sabios, estos habitan en un mítico paraje de cadenas montañosas que se encuentra después de la tierra contaminada, en donde sus picos tocan el cielo, en aquel lugar hallarás las respuestas, deberás olvidar todo mientras te encuentras con ellos y recuerda mis palabras, sé paciente y confía en ti mismo por sobre todas las cosas.

—La verdad es que me intrigas con tus palabras. Antes de que me marche, ¿el ataque al Apollo, fue obra de Beelzebuth? —pregunta Akhaill.

—Sí, y para que comiences a confiar en mí, te contaré cómo sucedió.

En ese instante el demonio alado le contó al guerrero cómo ocurrieron los hechos, detallando para qué fueron secuestradas las personas sin heridas y cómo se llevó a cabo el ritual en las ruinas de Chakka. El guerrero quedó asombrado y a la vez enfurecido de cómo usaron a esas personas para el ritual y el posterior poder de Beelzebuth.

Akhaill se inquietó en el encuentro con la bestia, pero a su vez aquél lo tranquilizó, sus palabras y respuestas hacia Beelzebuth parecen reales y al mismo tiempo, el sentir su presencia no maligna. De hecho fue así, el gran guerrero no detectó esa presencia negativa que ejercen estas bestias, al contrario, sintió alivio y sosiego.

Así pasaron algunos días y el consejo de ciudad Comitium citó a reunión extraordinaria junto con los líderes de los escuadrones, en donde se detallará lo descubierto por la comisión a cargo de encontrar algún archivo. La comisión descubrió que en los archivos de demonología se halló el registro de Beelzebuth. En ese instante pensaba el guerrero y no tenía dudas de que debía confiar en Eduard. La sesión prosiguió y la comisión recalcó que antiguamente era conocido como el señor de las moscas, pero no hallaron registros de algún ataque o aparición de éste o de alguna de las bestias, por lo tanto, no saben cómo poder derrotarlo, sólo fueron mitos o leyendas de diversas civilizaciones. Ante esta situación, los líderes quedaron de brazos cruzados, cómo pueden derrotar a un enemigo si no saben nada sobre él y que a la vez él sabe mucho sobre la humanidad. Los líderes le solicitaron a la comisión seguir investigando y al equipo tecnológico y especialistas en armas, fabricar una que sea capaz de atravesar el diamanto, deben tomar acciones inmediatas y estar muy preparados para un eventual ataque, por ahora es lo más urgente hasta saber algo más sobre la bestia. Se debe seguir con la estrategia y todavía se discuten los planes para un eventual ataque a los demonios. Las C.O. deben proteger a la totalidad de la ciudadanía, a todos sus habitantes, quedan cada vez menos vidas y el gran demonio sólo sabe de victorias y muerte. El mayor número de efectivos salvaguardan las ciudades y orbes de sus áreas con el fin de proteger a las personas, este acto también significó un aliento para ellos, ya que sin importar de dónde vengan, están protegidos.

Akhaill y los guerreros se sintieron orgullosos de los líderes y de la noble acción, acción que derivó en el decreto/Pro 01 N°80, éste se refiere a que «El gobierno actual del mundo, debe proteger como prioridad única y universal la vida de cada una de las personas que habitan en este noble planeta». Este decreto inició la acción del gobierno en otorgar todo el poderío a los ejércitos de la defensa por la humanidad para que salvaguarden las ciudades y a todos sus habitantes.

Un posible contraataque se ve lejano y esto se debe a que no están subestimando al rival, no pueden permitirse errores graves que dejen vulnerables a las personas, como enviar a guerreros sin saber el verdadero poder de Beelzebuth, una emboscada por parte de los demonios será una muerte súbita; otra opción que cobra mayor fuerza es la de enviar solamente a roboandroides hacia los cimientos para enfrentar a los demonios, el problema en esta propuesta es que hay pocos roboandroides, debido a la destrucción de Alltross y a la alta demanda particular para protección. Las C.O. realizó la compra de diez millones de unidades para repartirlas por todas las ciudades del mundo y los principales centros de fabricación de roboandroides colapsaban en solicitudes de vacantes, se necesita un alto número de personas para terminar con la construcción de estos en el menor tiempo posible.

Mientras el guerrero descansa en su cuarto, no deja de pensar en aquel día en el que encontró al demonio y éste le dio la información que buscaban. Está decidido a partir al lugar que le mencionó en donde encontrará las respuestas para vencer a Beelzebuth. En la mente del guerrero sólo está la destrucción de la bestia y él liquidándolo, buscando no sólo venganza por su orgullo herido, será por todos los inocentes, por sus mujeres, por sus amigos, por las víctimas de Chakka, por todos ellos. Lo comentado por la bestia sobre Chakka afectó mucho al guerrero, tan sólo con el hecho de imaginar cómo murieron esas personas, horas y horas aterrorizadas con los rugidos de los demonios, esperando cómo serán masacrados, jugando con sus mentes y con sus miedos, personas que después estaban desnudas perdiendo todo tipo de sentimientos, sin saber qué esperar, cómo conocerán la muerte, jamás imaginaron un desenlace tan crudo. El guerrero sabe que no está solo y cuenta con su círculo más íntimo, debe mencionarles que irá por respuestas, debe hablarlo con May y los demás miembros del escuadrón, además de ellos cuenta con la familia de Emily y con alguien muy especial, el líder de Elpida, Noorlem. Elpida es una de las pocas ciudades que se mantuvo por encima de la corrupción y eso es gracias a su gran líder. Noorlem, que es una persona muy sabia y bondadosa, aplica la justicia como es debido y no da prioridad a poderosos por sobre otros, para este líder el dinero no está por encima de la ley. El guerrero debe tener un último encuentro con todos antes de partir al monte.

Akhaill le pide a su amigo y uno de los líderes más influyentes, un encuentro para plantear los diversos escenarios de Beelzebuth y sus demonios. Al encontrarse fuera de las oficinas de Elpida, se miran muy fijamente y estrechan los brazos de un modo fraternal. Fue Noorlem quien guió al gran guerrero por la buena senda.

—Hacía mucho tiempo que no estrechaba tu mano —expresa Noorlen—, sólo por real llamada.

(Ja,ja,ja,ja,ja, ríen ambos).

—Tengo una respuesta para Beelzebuth —le dice Akhaill.

—¿De verdad que sí? —responde el anciano.

—Sólo necesito que confíes en mí y que protejan a las personas mientras averiguo.

—Beelzebuth es un demonio milenario, no creas que puedas derrotarlo, ni con el más duro entrenamiento lo harás —responde Noorlem.

—De verdad es sorprendente su fuerza y poder, pero debemos hallar una solución pronta. Beelzebuth debe ser eliminado o de lo contrario la humanidad será quien desaparecerá —responde el guerrero.

—¿Qué planeas?, dímelo —dice sonriendo el anciano.

—Mira, sólo sé que debo dirigirme a un lugar y éste se encuentra más allá de la tierra contaminada, en aquel lugar debo buscar a los sabios, debo ser muy paciente, sin más preguntas ni cuestionamientos, sólo creer, tener esperanza y fe. Si es realmente urgente contáctenme.

—Está bien —dice Noorlen—, pero déjame decirte que la fe en las personas se perdió hace mucho, ya no confían ni en ellas mismas.

—Sí, pero debemos intentarlo. En el consejo avísales que hay una respuesta para el demonio y la averiguaré, sean pacientes. Confíen en mí.

—Siempre confío en ti, alertaré a los líderes. Sólo te pido que te cuides y regreses a derrotar a ese monstruo.

Así, el gran guerrero se despide de uno de sus grandes amigos, en donde fue un encuentro muy esperanzador en medio de tanto desastre dejado por las bestias, se dirige hacia Amiosis, en donde está otra parte importante de sus amigos, la familia de Emily. Se encamina a toda prisa, hay poco tiempo y debe despedirse del escuadrón. Llegando a Amiosis va de inmediato donde la familia, ésta lo recibe como siempre, con mucho cariño y amabilidad. El guerrero les menciona que estará lejos por un tiempo.

—¿Nos estás abandonando? —pregunta Penny.

—Jamás haría eso —responde Akhaill—, ustedes son parte de mí en este mundo, al igual que mis otros amigos, yo siempre estaré con ustedes y volveré para protegerlos, a todos los habitantes. Voy a buscar una respuesta para el gran demonio y volveré para derrotarlo.

—Es imposible derrotarlo Akhaill —señala Penny—, deben hacerlo en conjunto.

—Lo haremos como sea, pero primero debemos saber sobre él —responde Akhaill.

—Disculpa por decirte esto, pero cuando vimos la pelea que tuviste estábamos muy preocupados por ti, el demonio alado parece invencible —comenta Penny.

—Parece ser inmortal, pero no podemos cruzarnos de brazos y debemos actuar.

—Déjame acompañarte Akhaill, yo he aprendido del mejor, estoy muy ágil, mira.

En ese instante agarra a su hermano sin que éste se dé cuenta y logra derribarlo con gran rapidez y agilidad.

—Penny, basta ya por favor —dice Brenda—. Disculpa a Penny, estamos muy conmocionados por los últimos hechos ocurridos y contigo lejos no sabemos qué nos puede deparar el futuro.

—No lo sé, pero May estará resguardándolos y comunicándolos.

—Sé que está claro el tema, pero te pido que nos dejes entrar a algún escuadrón —Joey le consulta—, al tuyo, porque seríamos un aporte, nos sentimos inútiles.

—Todavía no están preparados y, sean pacientes, tienen muchas cualidades, pero necesitan más entrenamiento aún. Le pediré a May que los enrole y recuerden que el mejor entrenamiento es protegerse, sobre todo a vuestra madre. Me despido, debo apresurarme, apenas vuelva los contactaré, los quiero mucho, cuídense.

La familia se despidió del guerrero sabiendo que se marcha, no sólo por el bien de ellos, sino de la humanidad. Penny quedó muy preocupada, sintió como si el guerrero estuviese despidiéndose sin volver, él significa mucho para ellos, es como un padre, como verdaderamente debe comportarse un hombre, pero ella no le demuestra ese cariño, sólo sabe que lo quiere y estima en demasía. El guerrero también los quiere, pero sabe que si caen en manos de los demonios tendrán una muerte casi tan horrible como la de Emily y sería fatal para su madre.

Así, el gran guerrero se marchó hacia el último destino de despedida, no sabe si volverá de inmediato o quizás más grave aún: no volver. Debe mantener a los suyos informados, llega hacia el destino que es el escuadrón en donde están sus compañeros de combate, sus camaradas, pero a la vez sus amigos. Además, citó a Jhonny Freeck.

—Amigos, quiero decirles que estaré alejado por determinado tiempo, debo ir a un lugar en el cual encontraré respuestas para derrotar a Beelzebuth, pero si llego a demorar y realmente me necesitan, envíenme un mensaje, sólo si es de extrema urgencia. —les dice el guerrero.

—¿Dónde está aquel lugar? —le pregunta Jany Dyleo.

—No debo mencionarles demasiado —responde Akhaill—, sólo crean en mí.

—Te necesitamos, sin ti no podremos derrotar a los alados —afirma Clarr Dyleo.

—Por eso voy lejos, para buscar respuestas —responde Akhaill—, no me pregunten cómo lo averigüé, sólo estén conmigo.

—Yo confío en ti, todos lo hacemos —afirma May Liu—, pero debes decirnos dónde queda aquel lugar para saber que estás bien, sólo te contactaremos si realmente necesitamos tu ayuda, tú igual, confía en nosotros.

—Tienen la razón, la confianza debe ser mutua y no solamente que yo se las pida. Debo dirigirme a un lugar que se encuentra más allá de la tierra contaminada, en ese lugar hallaré a unos sabios y con ellos las respuestas para Beelzebuth y sus demonios, y May, necesito pedirte un favor, protege a la familia de Emily, contáctalos y visítalos, además enrola a Penny y Joey. Te estaré eternamente agradecido.

—No te preocupes, estaré pendiente de ellos, los resguardaré siempre —dice May Liu.

—Continúa en paz, estaremos esperándote amigo y resguardando las ciudades —le confirma Jhonny.

—Muchas gracias —séñala Akhaill—, amigos y colegas, me marcho con el máximo optimismo, sé que les hubiese gustado acompañarme, pero debemos ir con cautela, la información que poseo es muy acotada, nos encontramos perdiendo la batalla y todo apunta a aquel lugar. Volveré, me uniré a ustedes y derrotaremos a las bestias.

Mientras, en el inframundo los demonios están a la espera de las ordenes de su líder, quien no tiene planes para realizar otro ataque, ya lo que hizo fue magistral y lo sabe. Dos ataques muy poderosos a una de las principales ciudades del mundo, con una sociedad muy avanzada y respetuosa y luego el Apollo, la gran maravilla de los humanos destruida en sólo unos segundos y gracias a la ayuda de la sangre de las personas, sin ellas Beelzebuth no habría adquirido ese poder. El demonio ya hizo su jugada maestra y fue suficiente para amedrentar a los humanos, además, gracias al ataque, sus súbitos tienen comida para rato, Beelzebuth tiene todo controlado, él controla el tiempo.

## 12. Un lugar hermoso y esperanzador

Así, el gran guerrero emprende su viaje hacia el gran monte, lleva provisiones para algunos días y suficiente agua para poder sortear el viaje. Todo lugar que se encuentra después de la tierra contaminada por la radiación, es un lugar inhóspito para los humanos. Es un verdadero enigma lo que encontrará, pero antes debe ir viajando en donde será testigo de imágenes de destrucción y muerte. Los países que se destruyeron entre sí con bombas nucleares estaban cercanos entre ellos, por tanto, la tierra contaminada abarca cientos de kilómetros de ciudades de lo que alguna vez fueron naciones. Las imágenes son realmente impactantes, de hecho, está prohibido ir a esos parajes, ni siquiera el gran guerrero lo había hecho. Akhaill comprueba mientras viaja, cómo puede ser destructivo el ser humano, utilizando armas realmente dañinas y poderosas, esa tierra estará inhabitable por siglos. Sigue su viaje atravesando muchos kilómetros de tierra contaminada, comienza a aparecer una niebla muy espesa que se hace más intensa con el pasar, tanta es su intensidad, que el guerrero debe reducir la velocidad drásticamente, no puede ver nada y sus visores tampoco, sólo deja al mando al radar sensorial para que le alertase sobre algún objeto que se aproximase. La niebla es muy densa, el guerrero está algo intranquilo, nunca había visto algo parecido y que a la vez se suman turbulencias, el viaje es cada vez más épico y peligroso, pero no está dispuesto a decaer, al contrario, sabe que no puede encontrar algo fácil, como es habitual. Para encontrar respuestas al gran demonio sería siempre una odisea y está dispuesto a pasar todas las pruebas que se le presenten. Sigue con su viaje, las turbulencias son verdaderos rayos golpeando de lleno a su nave y que se encuentra sufriendo daños, estuvo cientos de kilómetros viajando con esa tempestad, hasta que de pronto la niebla se fue, las turbulencias y rayos de igual forma y el gran guerrero prosiguió su viaje por varios kilómetros más y comienza a ver a lo lejos una gran cordillera. Ésta es una cadena de hermosas montañas en donde el gran monte está en medio y sus picos tocan el cielo, según lo que le mencionó Moore, el demonio que lo contactó. Tiene que escalar la alta montaña y debe sortear todos los peligros que envuelven al macizo.

En el inframundo, un demonio llega con noticias, mientras Beelzebuth está reunido con sus líderes de confianza, entre ellos Eduard Moore, llamado en el inframundo Dhoon.

—Señor —dice la bestia—, me informan que el gran guerrero se dirige hacia el monte de los sabios.

—¡Qué gran trabajo! —señala Beelzebuth—, serás considerado por tu eficiencia, puedes irte.

Kroon le consulta:

—Mi señor, el monte de los sabios es un lugar prohibido desde siglos.

—Lo sé, allí está la respuesta —Beelzebuth le responde.

—Mi señor ¿y cómo cree usted que el guerrero se enteró de aquel lugar?

—Lo más probable es que algún líder conozca esa información y se la proporcionó.

—De todas formas, sólo puede llegar con su voluntad, cuerpo y alma —afirma Dhoon.

—Esos sabios ancianos —Beelzebuth, replica—, veremos qué pueden hacer con el muchacho.

—Señor, abordando otro tema, ¿realizaremos ataques masivos? —Dhoon le pregunta.

—No es viable, los humanos deben estar muy bien preparados, sin contar el poderío de su armamento, esperaremos y deberemos averiguar en qué posición están actualmente, además de planificar bien el ataque, lo último que me informaron es que todas las ciudades tienen el triple de ejércitos y guerreros, sin importar ahora, debemos mantener a nuestros camaradas en posición de ataque, pero hasta cuando dé la orden.

—Me parece muy acertado, siempre viniendo de usted gran deidad —replica Dhoon.

El acceso es cada vez más hostil para el gran guerrero de los golpes de rayo, de rapidez y destreza animal, pero que se encuentra maltraído por la montaña. Frío, viento, cansancio, hacen difícil la travesía y es que la estrechez de las rocas hizo imposible el ingreso de alguna nave, sólo pudo ingresar con una aeromoto hasta los primeros seiscientos metros, después, las condiciones climáticas hacían imposible la maniobra y falta demasiado para llegar al pico. Después de seis horas de incursión y travesía, se detiene en una especie de cueva para protegerse del frío y viento, además comer algo enlatado, prende una fogata para el abrigo, le gusta lo natural a Akhaill, decide dormir en ese lugar, ya es muy tarde y no hay luna, ni tampoco el Apollo para que lo ilumine, una excelente decisión, necesita luz y que el clima merme. La noche no está exenta de enigmas; aullidos de lobo, ruidos de aves, fuerte viento, hicieron algo difícil la noche, pero de gran ayuda para recuperar fuerzas.

Prosiguió su marcha con la aparición de los primeros rayos del sol, afortunadamente el clima había mermado algo y Akhaill siguió el camino hacia el encuentro con las ansiadas respuestas. Al llegar a lo más alto, un hermoso templo lo aguarda, de apariencia majestuosa y belleza interminable, rodeado de unos parajes únicos, en donde la madre naturaleza demuestra ser más sabia y digna que el humano, vegetación exótica, el cantar hermoso de aves coloridas, riachuelos con aguas cristalinas, el guerrero jamás imaginó ver algo de esa belleza en una tierra destruida. Al entrar ve a un grupo de tres ancianos reunidos meditando, Akhaill observa de manera impaciente y uno le responde que debe esperar, y lo hace sin problemas. Pasaron tres horas en las que los ancianos todavía meditan, Akhaill comenzó a emitir ruidos con su boca para dirigirse a ellos y la demora persiste, ninguno respondió, luego esperó una hora más y los interrumpe.

—Disculpen, ¿ustedes son los sabios? —pregunta Akhaill.

—Nosotros somos —responde Liito.

—¿Me pueden atender por favor? —replica Akhaill.

—Lo sentimos, debes venir en otra oportunidad —responde Samishei.

Akhaill piensa: «*¿Pero qué significa esto?, ¿qué hago?, ggrrrr.*

El gran guerrero se fue sin contradecir nada, descendiendo el tan peligroso monte y pensando qué habría ocurrido, tan drásticos los ancianos o incluso pensando que le habían tomado el pelo.

Al transcurrir tres días volvió a trepar la montaña y las dificultades de siempre: viento, frío, inaccesibilidad, se hacían notar, una noche de descanso se comenzaba a tomar como una noche perdida, llegó nuevamente con los ancianos y estos no se encontraban, así que procedió a esperarlos. Dos horas, cuatro, ocho horas, un día, dos, tres. El guerrero se impacientó tanto que se fue ofuscado del lugar sin poder reunirse con los ancianos y pensaba todo tipo de hipótesis, pero la que más venía a su mente es que se están mofando de él. La preocupación ya se hacía sentir y la respuesta de nunca acabar, cómo derrotar a Beelzebuth.

Nadie está tranquilo, ni con calma, ni siquiera los más poderosos, ya que ni con todos los roboandroides o soldados pagados, podrían detener a la bestia, lo que nunca imaginaron sentir los humanos, lo están sintiendo ahora, el terror inmenso de caer en las fauces del hambriento monstruo y tener una muerte trágica, violenta, agónica. La psicopatía se siente entre los habitantes de las ciudades, acuden a todo tipo de ente gubernamental o privado para frenar la destrucción, la aniquilación, sus vidas tomadas con sangre es el pánico que siembra la bestia, además el toque de queda total está provocando sensaciones negativas y la aparición de antiguas enfermedades mentales, como trastornos, claustrofobia, entre algunas. Las C.O. saben de lo difícil que conlleva y las consecuencias del encierro, pero no tienen otra opción. Los ciudadanos sin internet, hasta nuevo aviso, sin televisión, sin libros, sin nada para distraer su mente, se volverán locos.

Akhaill sabe que debe encontrar una solución a la incertidumbre que se apodera de las personas y sabe que no puede decaer, si él decae en quién confiarán, muchos todavía creen que él es la esperanza, una vez lo enfrentó y pudo contenerlo, aunque la bestia posteriormente mostró su verdadero poderío y esto último es lo que más motiva al guerrero a seguir yendo las veces que sean necesarias para encontrar la respuesta y derrotar al demonio. Dirigiéndose a las altas montañas, con su extremo clima, con su acceso imposible para cualquier mortal, no para Akhaill, nuevamente fue al encuentro con los ancianos, pero esta vez fue más preparado llevando abrigo y comida para días y otra vez no halló a nadie, tres días esperó y nada, se marchó, pero esta vez se fue algo menos ofuscado que anteriormente. Aquella vez fue ansioso, queriendo encontrar respuestas inmediatamente, ahora, en cambio, su corazón se tranquilizó, recordó las palabras de Moore: paciencia. Algo lo impulsa a seguir adelante y no descansar hasta encontrar lo que busca. Durante tres oportunidades más fue el guerrero y no halló a nadie pernoctando en las afueras del templo para no descender, hasta que en el último intento encuentra a los ancianos, su corazón late con fuerza y los rostros de los ancianos con su presencia, son llenos de paz, de altruismo, de esperanza. El gran guerrero se dirige a toda prisa hacia donde se encuentran y los ancianos salen a su encuentro y comienza a hablarles.

—No saben el gusto que me da volver a verlos, ancianos —señala el guerrero.

—El gusto es nuestro, gran guerrero. ¿Has venido muchas veces? —le dice Liito.

—Ja, ja, ja, ja, ¿acaso bromea?, ustedes no se encontraban —responde.

—Estuvimos siempre. ¿No sentiste nuestra presencia? —le contesta Paliho.

—No lo entiendo, yo vine muchas veces y estuve hasta tres días en el templo. Incluso pernocté en las afueras de este.

—En el templo, has dicho, no estábamos en el templo, nos encontrábamos en el jardín de los reales meditando. Detrás de ese muro está el jardín—responde Samishei.

—¿El jardín de los reales?, ¿acaso me quieren tomar el pelo? Ese muro parece infranqueable, inaccesible ¿Ustedes sabían que estaba aquí?—pregunta Akhaill.

—Todo el tiempo —afirma Liito.

—¿Pero por qué no me avisaron? —replica Akhaill.

—¿Acaso llamaste a la puerta o deseaste ir a tal lugar, siendo que ni sabías que existía? —le contesta Paliho.

—¿Y acaso no fueron ustedes que me hicieron volver la primera vez que vine?

—Hijo, dejemos esta discusión y dinos qué quieres —le inquiere Liito.

Tranquilizaron las palabras del anciano a Akhaill, pero las del otro lo volvieron a enfurecer.

—Necesito respuestas para Beelzebuth —les responde.

—Cualquier tipo de respuesta que quieras te daremos, pero debes volver dentro de siete días —dice Paliho.

El guerrero se molesta tanto, que comienza a gritar descontento y enfurecido.

—Ustedes por qué se mofan de mí, ¿acaso no se han dado cuenta de mi esfuerzo, todo lo que he tenido que soportar para venir aquí y hallar la respuesta para evitar una masacre o mejor dicho la extinción?, porque me imagino que para ser mencionados como tales, saben lo que ocurre allá abajo ¿o no lo saben?

—No hay nada por discutir, no tienes paciencia —le dice Paliho.

—Paciencia, usted no sabe qué es eso, al parecer.

—Te lo dije Liito, debemos evaluar quién es el indicado y no decidir antes —recalca Paliho.

—Te equivocas, ¿no sientes cómo late su corazón?, él puede hacerlo, él debe hacerlo.

—Vuelve en siete días hijo, sin cuestionamientos.

—Ja, ja, no puede esperar un día más de los que ha venido y quiere intentar enfrentarse al demonio. ¿Acaso no sabes, chiquillo, que ni siquiera existía tu dinastía, tu generación en generación, cuando Beelzebuth estaba encadenado esperando liberación?

—¿Cuánto pudo soportar? —pregunta Akhaill.

—Quince mil años estuvo esperando, encadenado, generando odio, hambre, rabia, ira, cólera y tú ni siquiera llevas viniendo un par de días opacado por esta brisa matutina y te impacientas —responde Paliho.

El gran guerrero se sintió humillado, menguado, pero ahora sabe la verdadera magnitud del demonio. Se retiró sin preguntar nada para luego volver nuevamente.

## 13. Liito será el mentor

Así pasaron siete días, el guerrero nuevamente fue al templo, los ancianos lo recibieron y le dijeron que no deberá hacer muchas preguntas, ni tampoco cuestionar y que tendrá que ser paciente, la paciencia será fundamental. Él es el único capaz de derrotar a la bestia, pero tendrá que esforzarse al máximo y entrenar muy duro con ellos. Akhaill aceptó y se dispuso a recibir las instrucciones. Los ancianos le mencionaron que deberán prepararlo para lo que se viene, ya que el entrenamiento es tan duro y exigente, que un ser humano no lo resistiría y aquí verán realmente si es el indicado. En los primeros días deberá comer lo menos posible, además tampoco podrá hidratarse demasiado, esto es para comprobar su verdadera resistencia física.

Cuarenta días deberá entrenar con uno de los ancianos que lo preparará para el gran entrenamiento final que tendrá con los tres. Liito será su mentor, en donde lo físico y mental es preponderante y en un sólo pensamiento y acción. Liito tendrá que despertar en Akhaill su lado más íntimo y de pasión por ser el mejor. Comenzaron entrenando en las montañas, en los lugares menos accesibles, durmiendo en las cavernas, explorando nuevos lugares de entrenamiento, lugares a los que sólo los ancianos son capaces de llegar y que Liito los hizo senderos para él. El entrenamiento posterior será demasiado duro y los ancianos comprobarán si Akhaill es capaz de resistir, ni siquiera ellos podían calcular eso, pero sí saben que sólo el hombre con el corazón más grande puede soportarlo.

Liito le recalca que sólo debe alimentarse de espíritu, de las energías positivas, si tiene hambre, devore conocimiento, si tiene sed deberá beber el torrente de las buenas y malas experiencias y de los pensamientos que nos consumen. Liito comienza con el entrenamiento y ambos se entienden, sienten un lazo muy especial y fuerte. En el cuarto día de entrenamiento el sabio le pidió que ayunara y que meditara como en los días anteriores, pero esta vez tendrá que hacerlo a la intemperie, con mucho frío.

—Debes tener presente que las meditaciones serán menester en tu entrenamiento, debes concentrarte al máximo y no pensar en nada, sólo nubla tu mente, gran guerrero.

Posterior a la meditación y avanzando por la enorme montaña, se encuentran con un colosal y hambriento felino, león de montaña, en ese momento el gran guerrero se pone en alerta y Liito aguarda.

Akhaill le pregunta:—¿Acaso no está preocupado y no ve su rostro de ferocidad y hambre?

Mientras, el sabio sigue esperando.

—Entonces atacaré, sin esperar que me diga —le dice Akhaill.

—¿Qué fue lo primero que se mencionó antes de iniciar el entrenamiento? —le recuerda Liito.

—Señor, lo sé, pero el animal nos atacará.

—Pero ¿qué hace el animal? —le pregunta el anciano—, quiere sobrevivir al igual que tú, por lo tanto, ahora eres el león.

—Señor, no entiendo.

—El león es un animal que actúa por instinto, como la mayoría, pero no se arriesgará a atacarte si no tienes miedo y eres territorial, el león sabe que estás con temor y que estos lugares no te pertenecen, por lo tanto, invades su terreno. Dime gran guerrero, ¿qué harás?

Akhaill, reflexiona: «*Me dijo que debo ser paciente, meticuloso y ponerme en la vereda del frente, llevo cuatro días entrenando muy duro y sólo quiero seguir con mi entrenamiento, pero está esa enorme bestia, con mucha hambre, mirándome como carnada*».

—Señor, lo más apropiado me parece que es desviar nuestro camino, así el león no nos verá como territoriales y nos dejará en paz.

—Veo que escogiste la mejor opción, si te enfrentas al animal y con las fuerzas que te van quedando, podrías perecer y el león piensa igual sobre sí mismo, no sabe tu real estado, pero sí ve tu envergadura y tenacidad para querer pasar, por lo tanto, uno de los dos debe ceder y lo hizo el más sabio. Ahora dime, ¿por qué crees que la opción que escogiste fue la más acertada?

—Me parece por querer sobrevivir, seguir con el entrenamiento.

—Ése es tu propósito, válido, pero no lo suficiente para causar una muerte, menos la de un ser que no tiene raciocinio y maldad como nosotros.

El guerrero lo mira con atención.

—Yo sé que si te hubieses enfrentado al animal —continúa Liito—, hubieses ganado, pero la muerte del león la hubierais cargado, debido a que tu propósito no vale su vida, ni la de ningún inocente, desviaste la ruta para salvaguardar la vida del león y no por querer continuar tu camino.

El gran guerrero escuchó con atención las palabras del anciano que le parecieron muy acertadas y luego piensa: «*Es una persona muy sabia y consciente, su nombre se le atribuye con razón*».

Posterior a eso, descansaron en una cueva muy oscura, el anciano le pidió no prender nada y que meditaran por varias horas. Al otro día prosiguieron y llegaron a los pies de una quebrada, en donde hay un aire tibio y frutos como delicia, frutos que no se igualan a los que se encuentran en las ciudades. En donde corre un riachuelo con aguas cristalinas, pernoctando sólo con frutos de una variedad, aunque hay de distintos tipos y los mejores sabores. Entrenaron por varios días en donde Liito le enseñó las bondades de la naturaleza. El guerrero se sorprendió y a la vez le agradó el lugar para continuar.

*«Es un lugar muy cálido y placentero, no como algunos lugares en donde la montaña es agresiva, es extraño, pero hermoso»*, piensa Akhaill.

Luego de catorce días de entrenamiento y meditación, le dejó probar de todos los frutos de los árboles, así como también pescar peces sabrosos del río, peces que saltan antes de que el agua y el torrente frío les caiga de lleno. Fue aquí en donde prosiguió el entrenamiento y luego de dejarlo descansar y comer por un día entero, el anciano le dice que tendrá que realizar algunas pruebas en el agua.

—Debes posicionarte en el río y en el lugar en donde saltan los peces, entonces, antes de que éstos salten, deberás atrapar cuatro peces por mano, esa cantidad cabe en una.

El gran guerrero no lo dudó y comenzó, pero antes observó un instante a los peces en la orilla y el tipo de salto. *«Son muchos los que saltan, podría agarrarlos fácilmente»*, pensaba. Así se posicionó en el punto y esperó la próxima oleada de peces, que al saltar, el guerrero sólo agarró uno por mano, *«mala suerte»*, se dijo. Así estuvo varias horas sin cumplir con la tarea, hasta que el anciano le dice:

—Mañana continúa.

—Señor, déjeme intentarlo una vez más.

—Debes comprender que las palabras deben respetarse y las mías fueron claras, además quiero enseñarte otra técnica. Debes permanecer en el agua, al subir ésta por tus pies, entre tus rodillas y tu cintura, deberás golpearla con tus puños tan fuerte como puedas.

Para el guerrero no significa algo tan grande y comienza. Sus golpes son muy fuertes, se escuchan como una estampida al golpearlos en el agua, Liito mira atento y mueve su cabeza en señal de conformidad.

—¿Señor, es así como debo realizar los golpes? —Akhaill pregunta.

—No, pero lo estás haciendo bien, le pones esfuerzo y tesón, que es lo que importa.

Akhaill piensa que Liito se mofa de él.

—¿Cómo debo hacerlo? —pregunta.

Liito le señala que la técnica que realiza para golpear no es mala, pero que debe aumentar aún más su fuerza por golpe, deben estos llegar al fondo del río.

Entonces el guerrero comprendió que ése es el real propósito, llegar con sus golpes hasta el suelo con el agua llegando a su cintura, se ve complicado.

El gran guerrero comenzó nuevamente, con más energía y fuerza que anteriormente, pero sin lograr el objetivo. Liito le aconseja que descanse, que continúe en la mañana y no coma en exceso, pero antes de comer meditarán como lo hacen todos los días. El guerrero está algo extrañado por el hecho de meditar diariamente, el anciano pudo descifrar el rostro de duda del guerrero y le dice:

—No te extrañes por las constantes meditaciones que realizamos, ellas te servirán para despejar tu mente y alma. Son esenciales para tu entrenamiento.

Al otro día el entrenamiento, como siempre, comenzando a los primeros rayos del sol, Akhaill se dirige hacia el río y comienza a entrenar muy duro, los peces saltan encima de él y sólo consigue agarrar un pez por mano, sigue entrenando, hasta que en una mano agarra dos peces, pero aún es insuficiente.

—Prosigue con el otro entrenamiento —Liito señala.

Se mantuvo en el agua y comenzó a golpear muy duro, en donde sus golpes rosaban el suelo; posterior a los dos entrenamientos, el anciano le pidió que meditaran toda la noche, pero en el lugar más oscuro a su alcance y que el guerrero no prendiese nada.—Hay que aprovechar que está baja la luna y alumbra muy poco —le dice el anciano.

El guerrero se sorprende, si bien todos los días meditan, en algunas ocasiones deben estar completamente a oscuras. Así llegaron a varios días de entrenamiento y se comenzaba a desesperar, cada vez sentía más y más resignación y golpeaba de mala manera o simplemente no agarraba siquiera un pez.

—No seas como el común de los humanos, no te aferres a la frustración, lo difícil o imposible —le dice Liito molesto—. Para un hombre lleno de gracia y bendiciones como tú, rendirse tan pronto es una decepción, ¿acaso no has puesto nada de atención?, la palabra paciencia ya no la recuerdas.

En ese instante Liito se posiciona en el río y agarra cuatro peces por mano, sin matar a ninguno y después golpea tan duro el agua y su superficie que el golpe llega hasta el suelo, logrando desprender una gran cantidad de éste. Akhaill está impresionado.

—Si no agarras un pez, es porque no sientes como él, piensa por qué salta el pez.

—Eso no lo sé señor, ¿cómo podría saber lo que siente un pez?

—Ellos no están tan alejados de nuestra realidad, nos separan el agua y la tierra, pero aun así, ellos sienten emociones, sensaciones, sienten la maldad y la bondad, ¿cómo pueden ellos sentir eso en el río, siendo que en las aguas no hay depredador que los ataque? Pregúntate eso.

Entonces el gran guerrero comienza a recordar que, al sentir una corriente fuerte y fría, los peces saltan, en ese instante se adentra en el río, cierra sus ojos y se relaja con el agua, sólo piensa que es parte de ésta, entonces siente una corriente diferente por debajo y muy fría, en ese momento los peces saltan y el gran guerrero atrapa a tres en una mano y cuatro en la otra. Akhaill piensa que ya se encuentra cerca de realizar la prueba.

Liito le dice que prosiga mañana, que debe comenzar con una nueva prueba, la cual consiste en nadar por mucho tiempo, por sobre y debajo del agua, esto pondrá a prueba su resistencia física.

El guerrero se propuso a realizar la nueva prueba y terminó muy extenuado, es sabido que nadar es una de las actividades físicas más duras y exigentes y más aun nadando debajo del agua y conteniendo la respiración.

Al otro día el anciano lo hizo subir a lo más alto para que meditara, pero en ese lugar había demasiado viento y frío que hacían difícil su concentración. Luego, por la tarde, prosiguió con el entrenamiento en donde todavía no puede lograr el objetivo de atrapar los peces solicitados por el anciano, pero no bajaba de tres por mano, entonces continuó en el agua preparándose para golpear la superficie de ésta, se concentró en un solo golpe, un golpe muy fuerte, pero no fue suficiente. Continúo entrenando muy duro, prosiguiendo con el nado hasta que oscureció.

Liito le indica que es suficiente y que deben meditar nuevamente.

Posterior a la meditación, reposando en una fogata y con carne de liebre, Liito le menciona:—Debes bajar la dieta de carne hijo, los animales son seres nobles y comer en exceso su carne es malo, además no es recomendable para tu digestión, es bueno incorporar una dieta de carne, pero debe ser mínima, los animales que caces, debes aprovecharlos al máximo, con su cuero te vestirás y si no necesitas abrigo, harás uno para quienes más lo necesiten, pero recuerda nunca comer en exceso y cazar o matar por placer, se entiende la necesidad del cuerpo de consumir carne, más si para algunos es su única dieta, pero debes respetar a los animales, después de esta liebre no habrá más carne, hasta el próximo entrenamiento con los demás sabios.

Akhaill comprendió lo que le dijo el anciano, aunque él no consume mucha carne, sabe que los humanos gozan con este alimento, los más ricos comiendo carne de primer corte y los más pobres hamburguesas de ratas. El guerrero se complace con las palabras del anciano, los animales nos dan muchas cosas y lo que más recuerda, el amor. Akhaill recuerda a su hembra *Sllovy*, la pastora alemán fiel y que les otorgaba mucho amor para con él y sus mujeres.

—Tiene razón, los animales, si les demostramos amor y preocupación, estarán con nosotros en todas las pruebas, tenía una perra muy fiel, era muy inteligente, fuerte y protectora. Aquella trágica tarde dio su vida por defendernos, le estaré eternamente agradecido.

Liito señala que ese pensamiento de su perro, tan fiel, alegre, fuerte y ágil le ayudarán para con sus pruebas. El guerrero lo observa y mueve su cabeza en señal de comprender.

—¿Qué debo hacer para concretar las pruebas? —pregunta Akhaill.

—Debes concentrarte al máximo en un objetivo y complementarlo con alguna emoción pasada. ¿Tienes algún recuerdo que siempre esté contigo?

—Sí, hay uno, uno que abarca lo bueno y malo de mi antigua vida, en donde se funda la esperanza de los bellos momentos que viví y mi odio hacia los demonios.

Al otro día el anciano le solicitó que la meditación la realizaran a primera hora y después prosiguiera en el río. Estando en el río, el anciano le dice:—Ya sabes lo que quieren los peces, ahora compleméntalo y concéntrate al máximo.

El guerrero comenzó a recordar a sus mujeres, en donde se venían las imágenes de los demonios llevándolas, en ese entonces procedió a moverse con rapidez, como eludiendo golpes de ellos, fue en ese instante que atrapó a los peces previstos, pero no para Liito.

—Lo logré —afirma.

—Seguro tienes los cuatro peces vivos en cada palma —le dice Liito.

Akhaill observa y se da cuenta de que están muertos.

—Esta tarea que debes realizar, hazla con delicadeza, los peces son frágiles, así que al complementarla con el pensamiento, éste no debe ser de ira, sino de paz.

Entonces el guerrero comprendió lo que le dijo el anciano, se posicionó y comenzó a concentrarse y esperar la corriente fría, en ese instante recordó a sus mujeres y esos momentos cuando jugaban y corrían por el bosque, cómo él observaba su belleza y cómo debía poseerla entre sus brazos, con una delicadeza y amor únicos. En eso los peces saltaron y el guerrero quedó con cuatro peces vivos por mano, el anciano le dijo que la prueba que fuese superada, debe realizarla de igual forma siempre. Realizó las pruebas en innumerables ocasiones y no falló en ninguna, no fue una coincidencia, el guerrero ha cumplido la prueba.

Prosiguió en el río, sus golpes comenzaban a tocar el suelo y removían éste, el guerrero pensó que se acercaba a la meta.

—La tarea está cerca, pero falta aún más, debes hacer lo mismo que con los peces, pero compleméntalo con un pensamiento de ira.

En ese instante el guerrero comenzó a recordar aquel terrible día cuando los demonios se llevaron a sus mujeres y él no pudo hacer nada para defenderlas, entonces comenzó a llorar y hablaba en voz alta y recordaba su impotencia y fracaso.

—Ese día no pudiste hacer nada —señala Liito—, no estabas preparado para tal poderío, pero ahora es diferente. Estás en ese instante y se las llevarán, ¿qué harás?

Sigue golpeando muy duro las aguas mientras grita de rabia: «No lo permitiré» y continúa golpeando más fuerte, sus golpes comienzan a tocar el suelo, golpea más y más fuerte y sigue gritando, sus golpes son veloces y sus manos sangran. Hasta que desprende del suelo una gran cantidad de tierra, cae adolorido y exhausto en el río. Liito lo saca y Akhaill, medio moribundo, le dice: «¿Lo hice señor, lo hice?»

—Si muchacho, lo hiciste —responde Liito—, gran trabajo, ahora descansa.

Dos pruebas habían sido logradas, pero el anciano le dijo que debía seguir con el entrenamiento de los golpes en el suelo del río y atrapar a los peces para crear un objetivo fijo, el anciano, a la vez, le dijo que le diera énfasis al nado constante, de hecho, al día siguiente lo hizo nadar todo el día y le mencionó que nadar por debajo del agua y aguantar lo más que pueda, es preponderante. Akhaill entendía que la resistencia física al nadar fuese importante para su entrenamiento, pero no entendía por qué tanto énfasis en nadar debajo aguantando la respiración. Así pasaron los días y el guerrero sigue con las prácticas, en donde siempre cumple con los cuatro peces por mano y logra golpear tan duro la superficie del río que ésta se desprende, además del entrenamiento principal que le queda y es nadar por horas, sobre todo debajo del agua y resistiendo diez minutos, toda una proeza, pero el anciano le dijo que no es suficiente y ya sea en la mañana, tarde o noche, meditan por horas.

May está preocupada por su amigo y es la primera vez que dejan de verse por tanto tiempo, no encontró cómo consolarlo, para los guerreros sufrir una dura derrota es de verdad un golpe bajo, al orgullo, la dignidad, el renombre.

*«¿Qué pasará por la mente de Akhaill, cómo puedo ayudarlo?, yo también debo buscar respuestas, pero ¿dónde?, todo esto es tan confuso. Te prometo que cuidaré de la familia de Emily y te esperaré para que derrotemos al gran demonio y sus bestias. Además, ya enrolé a los muchachos, serán unos grandes guerreros, como su mentor, tienen muchas cualidades, sobre todo Penny»* reflexiona May.

Y se cumplieron los cuarenta días de entrenamiento, en donde el guerrero tuvo que abstenerse de alimentos lo menos posible, en el cual las inclemencias del tiempo fueron un mal aliado, conoció unos parajes únicos que no existen en la tierra habitada, comenzó con un entrenamiento duro y que es la preparatoria para lo que se le viene, como las meditaciones constantes, prueba de reflejos atrapando peces, prueba de fuerza golpeando la superficie del río y de resistencia física nadando por horas, pudiendo llegar a contener la respiración por quince minutos. Ahora debe mentalizarse en lo que se le vendrá y es la parte en donde entrenará con los tres ancianos y no deberá cuestionar nada, sólo recibir órdenes del tenaz entrenamiento que se aproxima.

## 14. El mítico entrenamiento

El guerrero debe prepararse para el duro entrenamiento con los sabios ancianos, la resistencia física y mental serán indispensables, en donde deberá ayunar en determinadas ocasiones, además de la intensa práctica que tendrá que realizar. En la primera etapa pondrán a prueba su rapidez y reflejos, el guerrero único debe quitar de la mano de un sabio una piedra pequeña, antes de que éste cierre la palma. A Akhaill le pareció algo no tan complicado, pero cuando comenzó sus intentos no eran más que fallas, con los tres ancianos probó y con ninguno pudo, así estuvo tratando por varios días, además de entrenar golpes, posiciones y otras prácticas leves por el momento, sin dejar de lado las meditaciones. Estas últimas en ocasiones eran muy complicadas, cuando había inclemencias del tiempo lo hacían meditar sin refugiarse, como en aquella noche cuando cayó una lluvia torrencial y fría y lo dejaron a la intemperie por horas.

Ya en trece días de tanto practicar pudo ser más rápido que Samishei, esto lo emocionó bastante, pensando que había finalizado la primera etapa, pero el mismo Samishei le arrancó el ánimo.

—Debes quitar la piedra de la mano, pero de los tres sabios al mismo tiempo.

Lo que le mencionó el anciano lo dejó algo afligido, demoró trece arduos días para poder quitar primero la piedra del sabio y ahora deberá quitarla a los tres en un instante, cree que es difícil. Al otro día prosiguió con el entrenamiento y continuó con técnicas de golpes de puños y pies, además de las meditaciones constantes que realiza con los ancianos, pero en ese instante lo primordial es quitarles las piedras a los tres ancianos, en donde logró conseguirlo con uno, pero ahora estando los tres parados en posición, no puede ni siquiera con uno.

—Debes concentrarte al máximo, no mirar a ninguna parte —le asegura Samishei—, enfocar tu mirada en las tres piedras y si es necesario, salir de tu posición mentalmente para estar en cada posición nuestra. La concentración debe ser total.

Así, Akhaill continuó por varios días tratando de quitar las piedras de las manos de los ancianos, intento tras intento, falla tras falla y se comenzaba a notar su desesperación. Fue en ese instante que Paliho le mencionó:—Lo que primero se te comentó es que no debes cuestionar y tener el máximo de paciencia, si no pasas esta prueba no seguirá la otra parte del entrenamiento, esto no sólo es golpes y fuerza, también es concentración extrema.

En la noche, conversando con Liito, éste le volvió a mencionar la paciencia y que en esta prueba debe nublar su mente, dejarla en blanco y sólo tener en ella las tres manos con las tres piedras. Así lo hizo en la mañana y se concentró al máximo, comenzó a respirar hondo y en su mente sólo visualizaba las tres piedras, en ese instante el gran guerrero pudo retirar dos piedras de las tres, las de Liito y Samishei. No consiguió el objetivo, pero estuvo muy cerca. Paliho lo felicitó y le dijo que debía continuar hasta conseguirlo. Así estuvo intentando día tras día, faltándole siempre Paliho. El guerrero está cerca.

—Paliho tiene una esencia especial y mágica —le menciona Liito—, él es capaz de leer la mente de las demás personas, así que por esa razón te cuesta más con él, si cierras por completo tu mente, si visualizas solamente las piedras, Paliho no podrá saber por cuál vas a comenzar primero, así que mañana cierra tu mente. No dejes que entre en ella.

Al día siguiente continuaron con el entrenamiento de golpes de puños y pies, meditación diaria y además de ejercicios físicos y prosiguieron con la prueba principal, en donde los tres ancianos se acomodaron alrededor del guerrero para posicionarse, en ese momento el guerrero recordó todo lo que le mencionaron, pero sobre todo hizo hincapié en lo que le dijo Liito sobre Paliho, así que se concentró al máximo y nubló su mente, sólo dejó visualizando las piedras y en el día dieciocho de intento, pudo sacar las tres piedras de las manos de los ancianos.

Paliho insistió que debía seguir intentando, una sola vez logrado no significaba que fuera suficiente.

Pero el gran guerrero ya había adquirido la técnica y realizaron la prueba en reiteradas ocasiones, consiguiendo con éxito superarlas, así como también lo consiguió en el entrenamiento previo con Liito, en donde la constancia hizo al guerrero un experto, los ancianos lo hacen repasar las pruebas, sin importar conseguirlas, como dice un antiguo dicho: «La práctica hace al maestro». Después de esta etapa, los ancianos le pidieron alimentarse e hidratarse muy levemente por treinta días, en donde le enseñarán una nueva técnica que fusiona el boxeo, kung fu, Kickboxing y karate, le piden golpear lo más rápido posible. Así Akhaill continúa esos treinta días entrenando esa fusión de técnicas, sin dejar de lado las meditaciones, alimentándose muy poco, inclusive ayunando algunos días, los ancianos están conformes y el guerrero muy extenuado.

## 15. El conteo eterno

Continuando los días de entrenamiento, el gran guerrero volvió a alimentarse e hidratarse como es debido para reunir fuerzas, ya que los ancianos le solicitaron entrenar otros siete días, pero sin tomar ni comer nada. Akhaill no preguntó ni objetó, pero lo que le piden es intolerable.

Al otro día comenzó su entrenamiento de siete días en ayunas, fue algo muy complicado, sobre todo los últimos. Los primeros dos días los pudo pasar sin sobresaltos, pero del tercer día en adelante la sed y el hambre eran demasiados. Son una nueva generación de súper hombres, pero este tipo de entrenamiento es muy duro aún para él. El quinto día fue el más crítico, ya que el cuerpo actuaba por inercia y su mente estaba perdiendo la razón, ese día entrenó con el guerrero proveniente del oriente, Samishei. El anciano lo puso a prueba y lo hizo entrenar muy duro, además de hacerlo combatir con él. Para el sexto día tuvo espacios alucinógenos donde recordaba a su familia con alegría, tristeza y crueldad, ya para el final del séptimo día, la resistencia física del guerrero estaba al límite, cualquier mortal hubiese fallecido al cuarto día. Antes de alimentarse al final del último día, el guerrero se desmayó, por lo que los ancianos decidieron que había cumplido con su entrenamiento, ya que pudo llegar al plazo que ellos le exigieron y dio el máximo de su esfuerzo. El gran guerrero descansó, comió y bebió por tres días, al cuarto se reintegró con los ancianos y estos le dijeron que debía nuevamente ayunar por siete días, pero esta vez solo tendrá que meditar y así lo hizo Akhaill. Transcurrieron los siete días y los ancianos le comunicaron que debe comenzar con el entrenamiento más duro, que fue practicado por antiguas civilizaciones de gran sabiduría, experiencia y tecnología. Civilizaciones que se perdieron con los siglos de los siglos y que simplemente no se encontraron rastros de ellas. Lo que se sabe es que nadie pudo soportarlo, pero las leyendas y creencias antiguas hablan de guerreros que fueron semidioses y combatieron con criaturas de gran poder para salvaguardar su sociedad y civilización y esa gran fuerza y tenacidad la habrían conseguido gracias al mítico entrenamiento. El entrenamiento más extenuante jamás puesto en práctica espera por él, quien es la esperanza de la humanidad. Akhaill debe ser como los héroes perdidos o jamás encontrados, como Hércules, Aquiles o Sansón o como los guerreros que estuvieron en la historia, hicieron justicia y exigieron libertad, tales como Espartaco o Juana de Arco.

Akhaill cree que será una nueva prueba física extrema, pero cuando los ancianos se lo mencionaron se asombró demasiado. La prueba consiste en contar, contar demasiado, tanto que le tardará días hacerlo, la cifra corresponde hasta quinientos mil y la manera de contar debe ser como corren los segundos, no podrá parar, ni para comer o dormir. Ahora el guerrero comprende por qué lo hicieron ayunar y alimentarse muy poco, además de las meditaciones diarias. La orden de los ancianos, si bien le asombró por no tratarse de una prueba física extrema, le sembraron dudas en el cálculo de días. Akhaill es un hombre muy estudioso, sobre todo en matemáticas y según sus cálculos, contar hasta esa cifra equivaldrían a diecisiete días aproximados y contando rápidamente, además de que en un segundo no equivaldrán todas las silabas por lo que de inmediato se alarmó. En ese instante el anciano Samishei le dice gentilmente:

—No te preocupes Beelzebuth no atacará por un buen tiempo, por favor haz tu entrenamiento tranquilo, libera todos tus pensamientos; los que te afligen, dan alegría, nostalgia, pena, rabia y cualquiera que esté en tu mente.

Akhaill quedó impresionado con el anciano y cómo éste pudo saber lo que le afectaba y lo supo sólo con ver su rostro y le preguntó si también sabe leer la mente, el anciano le respondió que no, pero posee un sentido más allá de lo común.

—Te pido tranquilidad y mucha paciencia —le señala Paliho—, esta prueba es larga, además el conteo lo puedes hacer en tu mente, yo estaré contigo, has soportado días sin beber, ni comer, sé que lo lograrás, además ten en cuenta que deberás realizar la prueba cada dos lunas nuevamente.

—Pero, ¿qué tan largo es el entrenamiento? —pregunta Akhaill—, Beelzebuth atacará.

—¿No te mencioné que estuvo quince mil años encadenado y su entrenamiento fue más largo aún? —le interroga Paliho—, deja de lado los cuestionamientos, compórtate como un guerrero.

—Debes saber la importancia de la paciencia y expandir tu mente sin límites concentrándote en todo momento, vete a descansar, aliméntate e hidrátate, duerme, que mañana mismo empieza tu primera gran prueba —dice Liito.

El único guerrero no replicó nada, se fue e hizo todo lo que le dijeron. Al otro día se presenta con ropa muy ligera y cómoda, donde los ancianos lo encierran en un cuarto demasiado oscuro, tan oscuro que no puede ver sus dedos, sólo sentirlos. Ahora asimila por qué en las meditaciones diarias en ocasiones lo hicieron a oscuras, además en el cuarto hay escasa ventilación y comienza a contar: Uno, dos, tres…

Mientras tanto, en las ciudades los líderes están preparados ante cualquier ataque de las bestias, deben actuar con cautela y seguir utilizando la mejor estrategia para terminar con la amenaza, replegarse y defenderse es la opción más obvia, una contra ofensiva, después de tanto meditarlo, sería una masacre y un festín para los demonios, ya que si poseen tal fuerza fuera de su hábitat, en los subsuelos será aún más complicado y éstos tendrán demasiada ventaja, además los expertos siempre mencionan lo mismo y que será devastador, un ataque con misiles teledirigidos será fatal para la Tierra. Al menos para la superficie y la humanidad, por tanto, también quedo descartado ese ataque.

A su vez, Beelzebuth es aún más precavido, ya que algunos demonios de confianza lo instan a contraatacar para derrotar a los humanos y que deben de exterminarlos de una vez.

—Ustedes no conocen a los humanos —dice Beelzebuth—, son criaturas que parecen inofensivas, pero desde tiempos inmemorables vienen luchando entre ellos mismos y adquiriendo nuevas formas de pensar y variando su crueldad. Desde épocas inmemoriales han sido muy bárbaros entre sí y no tendrán el más mínimo remordimiento de atacar con toda su artillería y eliminar a miles de los suyos con tal de destruirnos. Son capaces de todo con el fin de sobrevivir y si hemos desestimado su fuerza física, su inteligencia debemos respetarla, a ella todavía se aferran y tienen algo de confianza que les queda. Solamente somos diez millones contra los más de dos mil millones de ellos, más sus chatarras y armas. Así que no vuelvan a mencionar el tema y compórtense como unos estrategas todos. ¿Me entendieron?

Entre tanto, en el escuadrón de los Irreales, se encuentran reunidos los guerreros tratando de encontrar respuestas a Beelzebuth, le consultan a May si ella sabe con exactitud dónde queda aquel lugar y quién le dio esa información a Akhaill, la guerrera les responde no saber ninguna de las opciones, sólo confía en su líder y amigo, deben estar unidos y alertas ante un eventual ataque de los demonios. La incertidumbre se transforma en la compañía de todos.

Mientras tanto Akhaill continúa con su conteo. Sesenta mil seiscientos siete, sesenta mil seiscientos ocho, y a la vez piensa en el demonio, sesenta mil setecientos, sesenta mil setecientos uno, y su mente se deja caer en sus sueños con sus mujeres, no puede concentrarse, además del ambiente de esa oscura e inestable habitación, que a ratos esta fría y a ratos calurosa.

—Detente Akhaill —señala Paliho—, no sigas contando.

—¿Cómo?, pero ¿por qué?

—La prueba es muy sencilla y sólo debes contar sin pensar en nada, únicamente números y tus pensamientos se están desviando. Sal de la habitación e ingresa cuando estés preparado. Y sí estaba leyendo tu mente, ya lo sabes y siempre lo has sabido, pero sólo entraremos en ti cuando te entrenemos, en tus momentos de descanso no será así.

El gran guerrero quedó desconcertado y le dijo no conocer a nadie tan poderoso como ellos.

Así salió de la habitación y no cuestionó nada.

—No caigas en errores, si bien el entrenamiento es largo, no debes perder tiempo en desconcentraciones, pero si tienes que salir de la habitación y contar nuevamente mil veces, tendrás que hacerlo —le dice el anciano.

El gran demonio sabe que los humanos están preparados y que a la vez no se atreverán a acercarse hacia sus cimientos, por lo tanto, para él es obvio que debe esperar lo mismo, lo que no sabe es cuánto podrá demorar Akhaill en el entrenamiento y el intento por sacar la lanza del ángel de la muerte, sólo con esta arma el demonio puede derrotar a la humanidad. Los números de los alados están muy por debajo de los seres humanos, además de su tecnología. Beelzebuth está tratando de buscar más fuerzas a su ejército, deberá viajar hacia las entrañas del inframundo a averiguar cómo poder aumentar sus números, pero aguarda por el guerrero y cuándo irá por la lanza. Beelzebuth sabe que no podrá esperar demasiado tiempo, sus camaradas se impacientaran y les vendrá el hambre.

En el otro frente, Akhaill continua con la prueba de contar, sabe que esta es de paciencia y concentración extrema, sólo números y nada más.

Sabe también que es muy difícil de conseguir, pero cada vez se anima más a entrenar, respetando las decisiones de los sabios y el entrenamiento que le proporcionan. Estuvo intentando en numerosas ocasiones, es difícil concentrarse al máximo con hambre, sed, sueño, preocupaciones y todo lo que conlleva a tener la mente absolutamente en blanco.

Cuenta y cuenta el guerrero en su recorrido hacia quinientos mil, una prueba que lo está agotando e impacientando, pero que en el fondo sabe que existe un sentido más allá de lo común y de la fuerza física que ahora no está presente, sólo tiene una misión en su mente, contar lo suficiente y en el tiempo necesario para llegar a la cifra que se le solicitó. En su mente nada más hay números y no otra cosa. No está Beelzebuth, ni sus mujeres, ni May Liu, su amigo líder Noorlem, nada ni nadie, sólo el conteo de los números. El nivel de concentración es muy exigente, avanzan los días y sin agua ni alimento es difícil, Akhaill sabe que la más mínima desconcentración lo alejará de la meta y demorará aún más; hay demasiado frío o demasiado calor, la hora del día no la sabe, la habitación es muy oscura, él ingresa con los ojos vendados antes de comenzar la prueba, no conoce el interior, no siente olor, el gran guerrero debe enfocarse sólo en su mente y contar nada más. Cuatrocientos mil, cuatrocientos mil uno...

Al fin terminó su prueba y que al final lo tuvo trece días corridos contando sin parar, ni para comer ni dormir. Le demoró tres meses conseguirlo, debido a su desconcentración y lo complicado que es realizar una prueba de este tipo, algo jamás puesto en práctica en la historia conocida de la humanidad. Pero de todas formas utilizo solo trece días y los ancianos calcularon que la cifra la completaría en veinte días de corridos. Paliho quedo impresionado con el nivel de concentración y como mentalmente pudo contar muy rápido. Los sabios están muy satisfechos con el desempeño del guerrero y la rapidez con la que termina sus pruebas. Le dieron un descanso de dos días para que durmiese bien y se alimentara. Los ancianos están claros y conscientes de lo que se está logrando, hasta ahora ha superado pruebas con unas exigencias únicas, exigencias que cada vez más convencen a los sabios de que Akhaill puede cumplir con el entrenamiento y salvar a la humanidad. Después del conteo eterno, seguirá con su entrenamiento y otras pruebas, en esta ocasión será con el sabio Samishei. Este anciano se caracteriza por ser un ágil guerrero, si bien no tiene ese sexto sentido o energías telepáticas como poseen los demás ancianos, pero sí es reconocido por ser un gran exponente de las artes marciales, tendrá que preparar al gran guerrero en este tipo de artes.

Akhaill ya había pasado por un entrenamiento duro, de concentración extrema y agotamiento mental, puso fin a ése, pero deberá lidiar con los restantes. Paliho le recalcó que se vendrán días duros. El guerrero piensa que estos serán de extrema sobrevivencia física, la verdad es que se está preparando física y mentalmente. Liito fue en su búsqueda, el anciano presiente las emociones de Akhaill, sabe que éste sufre y en su encuentro le dijo que debe ser muy fuerte y que todo esto es por el bien de la humanidad, enfrenta a un demonio milenario y con la fuerza humana no será suficiente, ni siquiera la tecnología y la inteligencia del hombre, para Beelzebuth no lo es.

En tanto, más abajo, en una de las megatrópolis, May sigue preocupada por su amigo, la verdad es que no sabe nada de él desde hace meses y esto la aflige demasiado, ella debe confiar en él, pero lo que no sabe es cuánto es el tiempo necesario sin noticias. Así que decidió contactarse con el líder de Elpida, Noorlem y consultarle cuánto tiempo es el ideal para poder hacer contacto con el guerrero. May le realizó una real llamada para comentarle la preocupación.

—Noorlem, estoy preocupada por nuestro amigo, hace meses no sabemos nada de él, ¿cuánto es el tiempo que debemos esperar por noticias?

—May, debemos ser pacientes y creer en Akhaill, él está bien, debemos esperar lo necesario.

—Debemos poner algún plazo —replica May—, no sabemos con exactitud en dónde está ni con quién.

—El mismo guerrero fue quien dio esas directrices de no molestarlo. Tranquilízate May, confía, no dejes que tus pensamientos te desvíen.

May está confundida e inquieta, de verdad necesita noticias de su amigo y colega, aunque el anciano fue claro: «No deben contactar al guerrero, él los contactará».

El guerrero continúa con su entrenamiento, luego del merecido descanso y antes de que los primeros rayos del sol comenzaran, se presenta con los ancianos y lo dejan practicando con Samishei.

—Debes atacarme con todas tus fuerzas, guerrero —exclama Samishei.

Pero el guerrero hizo caso omiso y no lo atacó con todo lo que tiene, en ese instante el anciano lo desplazó a lo lejos y lo venció fácilmente.

—No dudes gran guerrero —le dice Samishei—, no sientas piedad por mi vejez, nunca menosprecies al rival sin importar su edad o estado físico, puedes llevarte una gran sorpresa.

El guerrero, al ver la gran habilidad del anciano, no dudó y lo atacó, pero no pudo hacer demasiado, el anciano, aparte de ser muy hábil y veloz, es muy fuerte, el guerrero piensa: *«Cómo puede tener semejante fuerza si es tan anciano».*

—Dudaste al principio cuando te enfrentaste al demonio por su gran tamaño, pero no es su tamaño ni su fuerza que lo hacen invencible, fue el duro entrenamiento de siglos que hacen que parezca indestructible.

Al otro día prosiguió el entrenamiento en donde Samishei le pidió que le arrojara la mayor cantidad de golpes, así lo hizo Akhaill, pero el anciano los esquivó todos, el guerrero estaba impresionado con la velocidad y reflejos del gran Samishei, el anciano le pidió que se invirtieran los papeles, por lo tanto, él le arrojará la mayor cantidad de golpes veloces, entonces el guerrero, se preparó para detenerlos, no pudo hacer suficiente, el anciano lanzaba golpes tan veloces que el guerrero apenas si los podía contener a medias, estos eran cada vez más rápidos, por lo que Akhaill no pudo hacer nada y cayó vencido. Los ancianos le dijeron que debían prepararlo aún más para entrenar con Samishei, si bien pudo contener al demonio en su encuentro, esto se debió a la inercia del instante y que Beelzebuth quería ver qué fuerza tenía el mejor hombre de los humanos. Así que continuarán con las demás pruebas por la mañana.

## 16. La prueba de nadar es cada vez más extrema

Al otro día, los ancianos le ordenaron dirigirse al lago cercano donde habitan y continuar con los nados de ida y regreso, como lo hizo con Liito, pero esta vez la exigencia será mucho mayor, ya que el lago mide más de dos mil quinientos pies de punta a punta. Así comienza nadando hacia el extremo, al igual que en el primer entrenamiento, es una actividad muy extenuante. Cuando el guerrero está a punto de llegar al extremo, Samishei le habla fuerte:

—Cuando gires, la vuelta debes hacerla por debajo del agua, debes nadar por debajo cuando retornes.

El gran guerrero pensando en lo exagerado, imposible, cerca de un kilómetro de nado aguantando la respiración y cansado a más no poder de tanto nadar, pero de todas formas lo intentará, su corazón es muy grande, debe dar lo mejor de sí. Se sumergió por completo y comenzó a nadar de extremo a extremo por debajo, como se lo pidieron, avanzó nadando y los minutos corrían, llegaron al minuto diez y el guerrero emergió del agua, no le alcanzó ni siquiera para la mitad, miró a los ancianos decepcionado, éstos le hablaron diciéndole que no se preocupara, que debía sumergirse las veces que fueran necesarias y completar la prueba. Cuatro horas estuvo nadando de corrido, es una actividad muy exigente, así que siguió avanzando y juntando energía para volver a sumergirse. Posterior al nado, los ancianos le pidieron que se dispusiera a golpear la gran roca que se encuentra a un costado del lago y deberá hacerlo con mucha fuerza, tal debe ser la fuerza que tendrá que derribarla. Los ancianos le pidieron que no se exigiera demasiado, ésta es una roca que lleva siglos allí y no la romperá de inmediato, ni siquiera Liito, el guerrero de fuerza mítica podría derribarla con algunos golpes, por lo tanto, debe ir lentamente.

Continuó con ese entrenamiento y obviamente es muy doloroso para sus puños, debe ser cauteloso aplicando lentamente la fuerza para lograrlo y así terminar la prueba. Liito le mencionó que debe ser muy cuidadoso, entrenar duro y aplicar el tiempo necesario, ahora no es como en el río y los sentimientos de ira no serán suficientes todavía, la roca es demasiado dura y resistente. De esta forma pasaron varios días de arduo entrenamiento entre nadar y golpear, el guerrero comenzó a impacientarse, ya que a la roca no podía ni siquiera hacerle un rasguño, además pasaron dos lunas y volvió al cuarto para contar, en donde pudo realizar la prueba de una sola vez, asombrando cada vez más a los ancianos.

De esta manera han pasado ya casi nueve meses de arduo entrenamiento, en donde el gran guerrero ha puesto a prueba su exigencia física y mental al extremo. Pruebas demasiado duras en donde un ser humano común no habría superado siquiera alguna. Ya completo el entrenamiento con Liito en donde comenzó a poner a prueba sus reflejos atrapando ágilmente peces en el lago, y que pudo fortalecer sus puños atravesando el agua y removiendo el piso con estos, además con Liito comenzó quizás la prueba física más exigente, nadar por horas y debajo del agua. Posterior al entrenamiento con Liito comenzó a adiestrarse con los tres ancianos. Primeramente con la prueba de reflejos y apartando piedras del puño de los ancianos y retirándolas de los tres a la vez. Paliho pudo corroborar el gran poder de concentración que realizó contando mentalmente una cifra de días, quizás la prueba mental más exigente jamás realizada y que cada dos lunas debe volver a efectuar. Luego de superar todas las pruebas mencionadas, los ancianos le pidieron nadar por debajo del agua cerca de un kilómetro y conteniendo lo más posible la respiración, además golpear y derribar la roca, que es de una dureza increíble. En todos los días no faltan las meditaciones, que son fundamentales para su entrenamiento, además de volver a realizar las pruebas ya superadas.

## 17. No decaigas gran guerrero

El guerrero sigue entrenando y no puede avanzar. Nueve meses de arduas pruebas en donde ha ido superando algunas, pero aún faltan dos. Al guerrero lo impacienta la prueba de la roca, puesto que piensa, como es obvio, la prueba del nado es demasiado exigente y debe tomarse más tiempo para completarla, pero golpear la roca y no hacerle el más mínimo daño, lo hacen cuestionarse. En ese instante, se prepara para realizar esa prueba, comienza a hacerlo con una fuerza y rapidez increíble, recordando el entrenamiento en el río con Liito y los pensamientos de ira hacia Beelzebuth, el guerrero cree que ahora lo logrará y avanzará. La rabia invade su mente, los ancianos están sorprendidos, los puños del guerrero ensangrentados al máximo, pero él sigue e imprime mayor fuerza y sus puños siguen sangrando, mientras visualiza a la gran bestia y la sigue golpeando muy duro, pero su armadura eterna es demasiada para sus puños y en ese instante cae adolorido y casi desmayado preguntándole a los ancianos si lo logró. Liito responde con un no, pero sí había conseguido hacerle un daño leve, en eso Paliho intercede y le dice:—Sólo le hiciste una pequeña fisura, ni para rasguño alcanza.

Los ancianos llevaron al guerrero a su cama y le dijeron que descansara. Al otro día Paliho fue a levantarlo.—Estás retrasado guerrero, debes continuar.

—¿Acaso no ve el estado en el que me encuentro? —pregunta Akhaill.

—Todavía no es suficiente —responde Paliho agregando—; debes seguir entrenando y ser paciente, algo que te desespera. Los pensamientos de ira no te servirán aún para derribar la roca.

En ese instante aparecen los otros ancianos recriminando a Paliho, que Akhaill debe recuperar fuerzas y descansar algunos días.

—Todas estas pruebas que realiza —señala Samishei—, las realiza con las manos y las tiene casi destruidas. No podrá entrenar, será imposible.

—Él sabe a lo que se expone —dice Paliho—, pero el guerrero, como en todas las pruebas, omite lo que le decimos con su comportamiento, se le dijo de antemano que no debe aplicar rapidez, sólo fuerza y ésta aplicarla de a poco, así que él es el responsable. Ustedes deben inculcar responsabilidad y obediencia, si no para qué vino con nosotros, y que agradezca que no sufrió fracturas.

Los ancianos Samishei y Liito comprendieron de excelente forma y saben que él tiene razón, pero deben velar por la salud de Akhaill y en su estado, será imposible realizar las pruebas. Al otro día, los ancianos no encontraron a Akhaill, así que fueron en su búsqueda y lo hallaron flotando en el agua, extenuado, afortunadamente de espaldas y esto evitó que se ahogara, los ancianos lo llevaron a su cama. Paliho se acerca diciéndole:

—Debes descansar, eres humano y debemos prepararte para que seas un ser mayor, pero debes ir lentamente. Recuerda ser paciente, todavía no es suficiente, aún te queda mucho por recorrer.

Los demás ancianos le replicaron las palabras de Paliho y en ese instante Liito se acercó con su energía de padre hacia él y tocándolo en la frente lo hizo dormir por varios días, le curaron las heridas, fueron muy dedicados con él. Pasaron los días de descanso y el guerrero despierta con muchas energías y a primera hora se dirige al lago comenzando a nadar y haciéndolo solamente por debajo del agua, los ancianos observan, después comienza a golpear la roca y lo hace lento, sólo aplica fuerza poco a poco, todavía no se encuentra del todo bien y los ancianos lo siguen observando y están satisfechos. Así pasan los días nadando y golpeando la roca y no se impacienta y no dice nada, además practica las pruebas ya superadas, pero con menor tesón. Sólo entrena duro pensando en una meta, realizar el entrenamiento por completo, consagrarse más allá del común de los mortales y derrotar a la bestia. Continúa con las pruebas, va paso a paso, no decae.

—Continúa mañana —escucha que le dice Samishei mientras golpea la dura roca— guarda energías, ya la derribarás, gran guerrero, agregaremos dos pruebas más a las que ya estás realizando.

En una de ellas deberá golpear con sus puños lo más rápido posible, para eso dispusieron una madera, en donde deberá hacerlo rápido y con fuerza, los ancianos contarán los golpes y el tiempo de ejecución. En la primera prueba no estuvo mal, realizó diez golpes por segundo, lo suficiente para superar a un mortal, pero Akhaill debe ir más allá de un ser humano y lo sabe.

—Debes realizar treinta golpes por segundo —le asevera Paliho—, es lo que te acercará a la bestia y la intensidad debe ser constante. Asimismo, comenzarás a agregar un nuevo alimento a tu dieta, debes alimentarte con la raíz de los montes.

—Además de la prueba de rapidez de golpes —dice Liito—, deberás atrapar o esquivar piedras que te lanzaremos. Primero lo harás solamente con uno de nosotros y cuando la hayas completado, tendrás que atrapar o esquivar las piedras de los tres a la vez, pero comenzarás en unos días con esa prueba.

*«Qué gran prueba, además del alimento que me incorporarán, la raíz de los montes»* piensa el guerrero.

—Te menciono —señala Liito—, que éste es un alimento que consumían míticos guerreros y sólo se da en estos montes, de un sabor muy amargo y aroma podrido, pero debes comerlas Akhaill, ya que endurecerán tu cuerpo con fibra y proteínas, te darán mayor vigor y además fortalecerán tus pulmones.

El guerrero agregó la raíz para aumentar su fibra y endurecer aún más su cuerpo con este alimento a su rutina de cereales, arroces, pescado y en ocasiones carne, ésta cuando los sabios lo envían a cazar. Y así pasaban los días, nadando y nadando, aumentando de a poco la resistencia debajo del agua, golpeando más duramente la roca, realizando golpes veloces en milésimas de segundo, además de practicar las pruebas ya superadas. El entrenamiento más duro y extenuante, pero que para el gran guerrero significa un desafío muy importante, lo más grande y extremo que ha vivido, pero otra prueba que realizará es la de mejorar aún más sus reflejos atrapando las piedras de los ancianos. Comienza con la prueba Paliho, quien se posiciona a doce pasos extensos del guerrero, éste se encuentra preparado esperando, pero antes, el anciano le dice:—Ve a una de las habitaciones y recoge una manta de cuero, la más gruesa que encuentres y cúbrete con ella, al menos por delante, como un delantal.

Así lo hizo Akhaill y volvió vestido con una manta de cuero muy gruesa que encontró. Entonces los dos se posicionaron y Paliho lanzó un verdadero proyectil que el guerrero no advirtió y lo golpeó de lleno, moviendo a Akhaill de su posición, el proyectil quedó incrustado en su abdomen, pero afortunadamente el cuero lo retuvo.

—¿Ves cómo te puede salvar la vida un animal? —le dice Paliho.

Akhaill quedó sorprendido, puesto que la piedra es grande y pesada y él ni siquiera la percibió, sólo sintió el dolor y el movimiento que le produjo, fue un tiro muy rápido, una verdadera bala.

*«Qué poder tiene este anciano, fue muy veloz, tanto que no pude ver el proyectil»* piensa el guerrero.

—Así como lo piensas es verdad, gran guerrero —señala Paliho —a primera instancia no detendrás nuestros tiros, debes entrenar duro, tu mente en blanco, siente los disparos y el sonido que emiten al aproximarse. Por lo menos ya no cuestionas y eso es todo. Nosotros seremos los únicos que te acercaremos al poder de la bestia y debes hacer todo lo que te digamos, ¿comprendes?

Akhaill se yergue en su posición y le grita:—Sí señor, haré todo lo que me digan para derrotar a la bestia, no quiero acercarme a su poder, debo ser mejor para eliminarlo o él nos eliminará a todos.

—No te creas —dice Paliho—, lo que la bestia desea es esclavizarlos, no los exterminará y para poder derrotar a Beelzebuth debes ir más allá y sólo confiar, confiar en ti y en los que creen en ti.

Llegó la noche y Akhaill en su cuarto recordaba el entrenamiento del día y sobre todo las palabras de Paliho. Él no tenía una buena impresión del anciano y pensaba que no lo quería para el entrenamiento, pero después de ese día fue comprendiendo que su rudeza es para bien.

*«Fue muy preciso y conciso conmigo, él quiere que realice el entrenamiento y me enseñarán lo necesario. Gracias sabios ancianos, ahora veo un gran horizonte y más cercano».* Piensa Akhaill.

El horizonte del guerrero siempre son sus mujeres y para él estarán en sus pensamientos, pero a la vez está su amiga May, la quiere mucho y piensa en ella, sabe que no puede llamarla, los ancianos le pidieron explícitamente, que en el monte esté presente sólo su cuerpo y alma y nada del mundo de abajo.

Así siguió entrenando el guerrero, las duras pruebas que le están encomendando los ancianos y pasaban los días y todavía no podía esquivar los tiros de Paliho, que le replica:—Concentración máxima, recuerda cuando estabas realizando el conteo eterno, te encontrabas solo, sin nada de luz y con poco aire, acá estás al aire libre y con más oxígeno, la diferencia es que allí nada te distrae, en cambio, en donde nos encontramos ahora, te distrae la naturaleza, nosotros, tus pensamientos, debes nublar completamente tu mente para lograr los objetivos.

El guerrero agradeció el consejo y poco a poco su mente fue quedando más y más en blanco, se concentra para asimilar que está en ese oscuro cuarto y ese conteo eterno, una especie de desdoblamiento que lo deja en ese lugar y de pronto comienza a sentir un leve ruido que se hace más y más intenso y cuando esa intensidad llega por completo hasta sus oídos, el guerrero se mueve y el proyectil alcanza a golpearlo, pero no con fuerza, debido al leve movimiento que realizó.

—Fue como si me estuviera desdoblando, sentí esa sensación —señala Akhaill.

—Así es, te desdoblaste y estabas en el cuarto eterno —le responde Liito.

El guerrero está impresionado, de verdad se desdobló para poder nublar por completo su mente y se encontraba en ese cuarto en donde nada lo distraería.

Samishei le dice que ésa es la técnica que debe dominar para poder completar: «dominar el desdoblamiento».

## 18. Paliho pone a prueba la resistencia de Akhaill

Y así, mientras pasan los días, sigue con el entrenamiento, en donde el nado comenzó a ser más extremo aún, ya que los ancianos le pidieron que sólo lo hiciera por debajo del agua, debe sumar más minutos nadando de esa manera, en donde debe contener la respiración lo que más pueda. Toda una proeza, veinte minutos contiene, pero que no le alcanzan para llegar ni siquiera a un extremo, independientemente de que Akhaill nada muy rápido. Los golpes a la roca son cada vez más fuertes y él siente cómo sus manos se adhieren a ésta, aunque no la daña demasiado, pero no siente dolor y sus manos no sangran, sabe que está cerca de lograrlo. Cada vez es más rápido golpeando la madera, llegando a veinte golpes por segundo, todavía está lejos, pero ha sumado bastante y pudo esquivar, por primera vez, una piedra de Paliho.

—Entiendo que estés contento —señala Paliho— y te felicito, ahora debemos continuar con la prueba, prepárate, concéntrate.

En ese momento Akhaill se prepara para recibir los proyectiles y Paliho le lanza diez piedras en un solo instante, el guerrero no puede esquivar ninguna, cayendo lejos. La velocidad y fuerza del anciano fueron realmente increíbles.

—De pie hijo —le dice Liito—, recuerda que debes esquivar las piedras de los tres, además debes saber que se sumará una nueva prueba a tu entrenamiento, pero debes completar al menos una de las cuatro que te quedan.

*«Una nueva prueba, qué será esta vez, debe ser tanto o más dura como las que estoy realizando»*, piensa el guerrero.

Llegó una nueva noche y el guerrero se encontraba muy agotado, pensando en cómo mejorar sus marcas que él ve lejanas. A veces rondando el pensamiento de lo imposible. «*Creo estar cerca, pero la verdad es que me encuentro lejos de conseguirlo, no sé si pueda aguantar este duro entrenamiento, es sobrehumano, además me agregarán una nueva prueba. Esto no termina nunca, necesito noticias, meses sin saber de las ciudades, sin comunicación, no sé hasta cuándo ni cuánto pueda resistir*».

Al día siguiente, mientras entrenaba las diferentes pruebas, llegó el turno de esquivar las piedras, en esta ocasión Paliho le dijo que se concentrara al máximo para desdoblar su mente y cuerpo, simulando que está en la habitación, además serán nuevamente diez los proyectiles que deberá esquivar. El guerrero comenzó a concentrarse nublando su mente por completo y pudo esquivar las piedras arrojadas por el anciano, el guerrero se puso muy eufórico creyendo que lo había conseguido.

—No te sientas dichoso hijo, Paliho todavía no termina —le manifiesta Liito—. Debes estar atento en todo momento.

Paliho le dijo que se posicionara nuevamente y así lo hizo el guerrero, quien estaba confiado y aguardando, pero entonces el anciano lanzó las piedras con todas sus fuerzas, además de una rapidez excepcional, el guerrero no pudo esquivarlas cayendo a lo lejos, una lo dejó seriamente herido, traspasando el delantal de cuero grueso que utiliza, en ese preciso instante recordó a sus mujeres y amigos, como si se desvaneciera en el aire. Los ancianos lo llevaron hasta su habitación para curarlo, el guerrero está en malas condiciones.

Mientras, May Liu se dirige por las ruinas de Visionaria buscando alguna pista, en donde recordó ese amargo momento y la dura derrota con la bestia, en ese instante sintió una corazonada, una sensación extraña la envuelve, inmediatamente se acordó de su amigo pidiendo que por favor estuviese bien y volviera lo más pronto posible.

*«Akhaill, donde quiera que estés, deseo que te encuentres bien y que vuelvas pronto, te extraño».*

Liito y Paliho se encuentran teniendo una discusión en donde Liito le hace saber que fue muy excesivo con el guerrero al utilizar todas sus fuerzas.

—Sólo le estoy haciendo ver la realidad —expresa Paliho—, el muchacho me agrada, tiene tesón y si me preguntas, sí creo que él es el único capaz de soportar este entrenamiento, es el indicado, pero debe saber cómo es el verdadero poder, cómo es la verdadera fuerza de su enemigo, nosotros, aparte de entrenarlo, debemos servir de oponentes para que sea más fuerte de lo que es, ir más allá de su ser, de su esencia.

—Como siempre te lo he reconocido —dice Liito—, hay cosas en las que tienes toda la razón, pero estuviste a un tanto de lesionarlo de por vida o hasta matarlo.

—Reconozco que me excedí —acepta Paliho—, pero recuerda el enfrentamiento con Beelzebuth, estuvo a punto de matarlo la bestia legendaria y él sobrevivió, además no reconoces cómo debió haber sido el entrenamiento de Beelzebuth, alimentando su ira con quince mil años de encierro encadenado, para después entrenar tan duro, que consigue abrir caminos y senderos fácilmente por debajo de los cimientos de la Tierra. Si estaba herido, lo dejaban a la deriva, si estaba sediento no bebía, si estaba humillado se reían. Beelzebuth es una muestra del verdadero entrenamiento.

—Ten en cuenta —dice Liito—, que lo estamos entrenando para salvar a la humanidad y no para que la termine odiando, así como los odia la gran bestia.

—Akhaill debe alimentarse de todo tipo de emociones, debe ser fuerte, pero no solamente en lo físico, debe saber que la derrota no significa un síntoma de humillación —responde Paliho.

El guerrero está profundamente dormido, fuera de riesgo vital, pero muy herido, la magnitud de la fuerza del disparo fue impresionante.

Así pasaron varios días y el guerrero iba recobrando las energías lentamente, Liito se encuentra en su cuarto acompañándolo.

—Sigue descansando, debes estar en las mejores condiciones —Liito señala—, el descanso te vino muy bien, ya se notaba tu agotamiento. Ahora termina de recuperarte hijo, para que vuelvas con nosotros, aliméntate bien, duerme, libera esas malas emociones, llénate de espíritu y energías positivas, estoy seguro de que en esta etapa del entrenamiento lograrás los objetivos.

El guerrero escuchó de buena forma las sabias palabras del anciano y éstas lo tranquilizaron. Liito, más que un sabio maestro, es un amigo, lo asemeja a Noorlem, está muy agradecido, es un gran apoyo. También es una persona de mucha humanidad, humanidad sincera, amable y de amor, el guerrero se siente muy acogido y escuchado, además de encantarle cómo habla de la vida.

Y así siguen con los entrenamientos y pasan los días, el guerrero contiene la respiración aumentando a veinticinco los minutos superando lo que había conseguido, pero todavía no es suficiente, golpea tan fuerte la roca logrando hacerle una fisura muy levemente, pero debe golpear aún más duro. En donde se encuentra con buenos avances es en la rapidez de los golpes y cómo consigue golpear veinticinco veces la madera en un segundo, está cerca de los treinta golpes que le piden y las meditaciones diarias que son parte de él. Aun así, los ancianos están acordes con el avance y atentos al entrenamiento del lanzamiento de piedras, ya que producto del fuerte impacto, el guerrero estuvo varios días sin entrenar. Samishei pidió seguir con ese entrenamiento y Paliho no se molestó y cedió. Comienza lanzando los proyectiles a una velocidad baja, en la cual el guerrero puede esquivar y poco a poco va agregando más potencia a sus disparos. Siguen pasando los días y el guerrero quiere enfocar sus esfuerzos en derribar la gran roca, así que se prepara y recuerda lo que le mencionaron los ancianos respecto a avanzar a la última prueba, pero debe superar al menos una, ya se acerca a los dos años de arduo entrenamiento y debe avanzar, quiere derribar la roca, cree que es tiempo.

*«Ya llevo varios meses con las mismas pruebas y todavía no supero ninguna, debo hacerlo, debo seguir y pasar a la última etapa del entrenamiento, ahora es el momento»* —se dice Akhaill.

El guerrero comienza a concentrarse y vienen a su mente la bestia, sus mujeres, ciudad Visionaria, las victimas de Chakka y todo a la vez, las imágenes son cada vez más crudas y la bestia viene a atacarlo, pero él lo golpea muy duro, conteniéndolo e incrustando algo de sus puños en la roca y los ancianos se sorprenden y en su mente el demonio vuelve para atacarlo y él sigue golpeándolo duro en su cuerpo blindado por el diamanto y sigue incrustando sus puños en la roca y continúa golpeando a la bestia. Su visión es tan real que le hace recordar aquella tarde que lo enfrentó y él protege a sus mujeres, los ancianos siguen sorprendidos por el avance que lleva el guerrero, pero éste no se detiene y continúa golpeando con más y más fuerza para derribar a la bestia y a la roca, debe salvar a Visionaria y a sus mujeres, sus puños se siguen incrustando más a fondo y comienza a sangrar, pero no importa, ni siquiera se percata y él sigue. Los ancianos, de sorprendidos, pasan a estar preocupados y el guerrero sigue golpeando muy fuerte y sigue sangrando, la bestia comienza a ceder, en ese instante manda un último grito de mucho terror, un grito desafiante y demencial logrando penetrar en el fondo de la gran roca y la derriba, cayendo de rodillas casi desmayado.

—Buen trabajo guerrero, has pasado otra prueba —le grita Paliho sorprendido y exaltado—, estás demostrando tu tenacidad, derribaste la gran roca en un tiempo menor al esperado.

Los otros ancianos contentos, pero recriminándolo, piensan que se ha roto los huesos.

—No teman —dice Akhaill—, estoy bien, sólo están sangrando, mis manos no están quebradas.

Los ancianos lo hicieron descansar y no paraban de sorprenderse con el avance, debido a que esta prueba era para mucho más tiempo.

*«Es un gran guerrero y avanza rápido, sin lugar a dudas es el único que pudiera vencer a Beelzebuth»* piensa Paliho.

## 19. El árbol con las raíces de la humanidad

Así, Akhaill descansó sólo tres días para seguir con las demás etapas y a medida que avanzaron, sus manos se fueron recuperando por completo. Los ancianos le solicitaron prepararse para la última etapa del entrenamiento, que consiste en fuerza extrema, en donde deberá arrancar árboles desde la raíz. El guerrero en un principio se extrañó por esta clase de entrenamiento, debido a que los ancianos cuidan mucho la naturaleza y arrancar árboles con lo escasos que son, es un verdadero misterio.

—Gran guerrero, no debes preocuparte por los árboles —dice Liito—, ellos saben lo que está sucediendo en el mundo y al igual que la Tierra, le darán una oportunidad a la humanidad para sobrevivir, ya que si el gran demonio domina sobre ésta, sólo habrá cenizas y tinieblas y no quedará ningún árbol, ni nada que alimente los sueños y la esperanza. Además —prosigue—, si los arrancas de raíz, después los vuelves a plantar y si lo haces con amor, dedicación y paciencia, crecerán más fuertes aún. Ahora comienza arrancando ese árbol pequeño, con toda tu energía, fuerza y mente.

El gran guerrero comenzó la última etapa del entrenamiento, en donde no pudo arrancar el pequeño árbol que le solicitaron, pero al mismo tiempo, éste no sufrió daños. Akhaill se sintió frustrado nuevamente, ya que sólo ha realizado tres pruebas de las siete solicitadas y ya ha transcurrido más de un año desde que comenzó con el entrenamiento. Los ancianos vieron su tristeza y decepción.

—No decaigas, persevera —le dice Liito—, eres la esperanza para derrotar a la bestia, el proceso es largo, además has aprendido algo importante y es a no cuestionar decisiones, recuerda que cuando comenzaste cuestionabas todo y ahora sólo haces lo que se te dice y sabemos que no te sientes sumiso, esto porque llegaste a nosotros y nosotros sabemos la manera de enfrentar al demonio, en resumidas palabras, estás aprendiendo. Ve, descansa, sigue esforzándote, sé paciente.

Estas palabras alentaron al guerrero a no dar marcha atrás y seguir, sacar su segunda alma, la que le da energías, convicción, el aliento máximo para tan duro entrenamiento. Aquella noche, Samishei lo visita antes de que durmiese.

—Gran guerrero, el entrenamiento que estás realizando es muy extremo, el más extremo para un ser humano, es por esta razón tan importante que los ancianos decidimos aceptarte para esta dura prueba. Tú eres esa persona, tú eres quien tiene esa enorme confianza para hacerlo, posees los mejores dones, la humildad, esfuerzo, tesón, sabiduría, entre muchas buenas cualidades, pero sigues fallando en la paciencia y ésta es fundamental para el logro de tus objetivos, recuerda esto siempre: «Debes convertirte en un ser humano superior, debes convertirte en el único de tu clase para poder vencer a Beelzebuth».

—Lo sé —dice Akhaill—, pero lo que me preocupa es el tiempo, llevo más de un año entrenando y no sé nada de las ciudades, mis amigos, si Beelzebuth atacó, no sé absolutamente nada. Sólo me invade la inquietud y la ansiedad de volver.

—Olvídate del tiempo, si es necesario que estés una década con nosotros, tendrás que hacerlo, sólo así existirán posibilidades de vencer a la bestia.

—¿Posibilidades?, ¿acaso no será suficiente con lo que estoy consiguiendo?, dígame ¿y esas posibilidades en cuánto las estima?

—No lo sé, pero si terminas con el entrenamiento es posible que lo hagas. El poder de la gran bestia es ilimitado —responde el anciano.

Al otro día, por la mañana, se dirige al lago, antes de comenzar a nadar recordó las palabras que le han estado diciendo los ancianos, pero sobre todo las palabras que siempre le mencionan: paciencia y energías positivas. La paciencia la ha ido controlando a pesar de su preocupación por el tiempo y no saber nada de abajo, pero la positividad es compleja y ésta se refleja en no pensar en nada, sólo entrenar duro, la mente en el objetivo y nublarla por completo, ni siquiera recuerdos, los recuerdos, sean malos o buenos, estarán presentes y el guerrero debe manejarlos para que no interfieran en su mente. Así comienza a nadar y antes de sumergirse, cierra sus ojos, poco a poco va dejando su mente en blanco, mientras recuerda el entrenamiento tan duro que ha recibido, pero que lo mantiene con mucha esperanza y fe. Sigue nadando sumergido y focaliza esa oscura habitación, termina de contar y sale de ella, sólo ve paz y armonía, animales llenos de amor que se le acercan, árboles, plantas y vertientes, un paisaje encantador, únicamente presencia algo que se encontraba en la Tierra antes de la llegada del hombre. De pronto todo cambia, aparecen muchas personas y comienzan a contaminar, destruir todo, asesinar a los animales, ensuciar el entorno, comienza a desesperarse y emerge de las aguas. Pudo nadar conteniendo la respiración por treinta minutos, subió su marca de minutos de un día para otro. Los ancianos están contentos y sorprendidos a la vez con el guerrero, su avance es muy rápido, pero Liito lo hizo bajar a la realidad diciéndole:

—Debes nadar más rápido aún y contener una hora la respiración. Esa es la verdadera prueba, hijo.

La proeza se ve inalcanzable, pero no dijo nada, sólo los miró con ojos hambrientos en conseguir su objetivo, fue cuando se dirigió a la madera y comenzó a golpearla muy rápido, pensando: *«Ya completé tres pruebas y debo seguir con la siguiente, ésta será la prueba que terminaré»*. En su mente sólo se encuentra el objetivo de golpear a máxima velocidad, nada más que eso. Solicitó a los ancianos que le dieran un poco de tiempo en el día para terminar con esta prueba y Paliho lo autorizó. Estuvo varias horas entrenando, golpeando la madera y consiguió la impresionante cifra de treinta y dos golpes en un segundo, superando y completando la prueba de velocidad, los ancianos no dejan de sorprenderse y admirar la rapidez del guerrero en alcanzar los objetivos. Aunque el guerrero no lo note y a veces sea ansioso, el avance adquirido es muy asombroso, ya superó cuatro de las siete pruebas y los ancianos habían estimado que la mitad las realizaría en tres años. En cambio, en un poco más de un año, superó la mitad. Debido a su gran esfuerzo, le ordenaron ir a descansar, pero él no quiso y les pidió que por favor prosiguieran, los ancianos no salían de su asombro debido al enorme desgaste que ha estado realizando, aun así, da muestras de fortaleza. Le dijeron que se dirigiera a la orilla del lago y golpeara el fondo, que desprendiera algo. Así lo hizo, llegó hasta la orilla y de un solo golpe alcanzó el fondo del lago y sus puños se incrustaron sobre la tierra de éste. Liito y Samishei muy emocionados y Paliho, como es su costumbre, igual, pero no lo demuestra pensando: *«No puedo creer el avance de Akhaill, al principio pensé que no lo lograría debido a su impaciencia y cuestionamientos, pero en unos meses tiene un avance de años, es increíble»*. Los ancianos le solicitaron arrancar árboles desde la raíz, pero todavía no ha conseguido arrancar ninguno, desprendiendo levemente un pequeño árbol. Akhaill no mostraba cansancio y prosiguieron con el lanzamiento de las piedras, en donde logró esquivar los proyectiles que lanzaba Samishei. Fue cuando Akhaill le pidió que el siguiente proyectil lo lanzara con todas sus fuerzas, el anciano no lo pensó y le dijo al guerrero que se preparara, lanzó la piedra con todas sus fuerzas y a una velocidad impresionante, el guerrero pudo esquivarla emocionándose mucho, pero no se detuvo ahí y le pidió que lanzara diez piedras, al igual que Paliho y no dudara en la fuerza. El anciano no dudó y lanzó las piedras con todas sus fuerzas, el guerrero, en su concentración, pudo esquivar los verdaderos proyectiles. Así continuaron todo el día, esquivando todo lo que le arrojaba el anciano.

El guerrero cada día se supera más, pero todavía no es suficiente. Puede nadar más rápido, pero aun así no puede contener tanto tiempo la respiración. Sigue golpeando con mucha rapidez subiendo su marca a treinta y cinco golpes, puede esquivar las piedras de los ancianos al mismo tiempo, pero estos no las arrojan con todas sus fuerzas. Lo que sí pudo conseguir hacer, fue arrancar algunos árboles desde la raíz y volverlos a trasplantar, como es lo correcto, aunque debe arrancar el árbol que está en la punta de la montaña y que lleva siglos allí, entrelazado entre las rocas y tierra con raíces muy fuertes, ésa es la verdadera prueba. El guerrero les solicitó a los ancianos ir a la punta de la montaña e intentar arrancar el árbol, los ancianos aceptaron por el gran esfuerzo que ha estado realizando y decidieron darle la oportunidad. Así se dirigieron al pico de la montaña para realizar la prueba, el gran guerrero se acomodó de tal manera y agarró un tallo que pudiera caber entre sus manos para intentar arrancarlo de raíz, tomó suficiente aire y comenzó con la tarea, jaló y jaló, pero por más que intentó le resultó imposible, ni siquiera pudo moverlo.

—Este árbol tiene centenares de años arraigados a la tierra —señala Paliho—, sus raíces están apegadas en la profundidad, debes tomar en cuenta que aunque hayas arrancado árboles casi de su mismo tamaño, sus raíces no tienen la fortaleza de este árbol y su historia no está forjada en siglos, como la de éste, por lo tanto, debes sumar la misma paciencia que ha tenido este árbol para estar en pie en el pico de la montaña, sigue intentando, no debes desesperarte.

—Lo mismo cuando mantienes la respiración bajo el agua o cuando estuviste contando, nublando tu mente —agrega Liito—, y que no usaste tu fuerza física, sino mental. Si ocupas todo el laberinto de tu cerebro, mente y alma, lo físico no importará, será un instrumento para el logro de tus objetivos.

Las palabras de los ancianos nuevamente calaron hondo en el guerrero. Después de su intento en el pico de la montaña, por la noche conversa con su mentor.

—Akhaill, vas por un buen camino, no decaigas en situaciones, ni siquiera pensándolo, si logras permanecer sin contener la respiración por una hora y Paliho te pide dos, debes afrontarlo sin siquiera dudarlo, si te piden arrancar diez árboles del pico de la montaña, hazlo sin dudar, todas esas dudas, aunque no las digas, se reflejan y afectan tu desempeño, siempre piensa que lo harás, ni siquiera que lo vas a intentar. ¿Recuerdas cuando te realicé el entrenamiento previo?, dudabas constantemente, pero fue tu ímpetu y persistencia lo que te ayudó a salir adelante, pero no lo arruines con tus dudas, además avanzas muy rápido, es algo único que posees.

—Lo sé, pero a veces siento que me piden imposibles —responde Akhaill—, cómo puedo contener la respiración por una hora, cómo esquivar esos verdaderos proyectiles que lanzan, cómo puedo arrancar un árbol que lleva siglos enterrado en la tierra y con raíces tan largas como la historia de la humanidad, soy un ser humano común y corriente, no poseo poderes o algo parecido que me haga diferente al resto.

—¿Ves que estás dudando?, no eres común y corriente, tú comenzaste a entrenar por tu cuenta, adquiriendo una velocidad anormal, las demás personas siguieron tu ejemplo y pudieron conseguirlo, tú eres una inspiración, tú derrotaste a varias bestias con tus manos, sin el apoyo de armas, algo que ningún humano imaginó jamás, enfrentaste a la gran bestia solo y lograste golpearlo. Saca esas dudas y así conseguirás tus objetivos. Vamos afuera, quiero mostrarte algo.

Salieron del cuarto del guerrero y Liito lo llevó donde el primer árbol que el guerrero había arrancado, diciéndole:

—¿Ves este árbol?, fue el primero que arrancaste y mira cómo está, grande y hermoso, quién hubiese pensado que está trasplantado.

—Sí, está hermoso y frondoso.

—Sirvió la pequeña excavación que hiciste para trasplantarlo y lo realizaste con dedicación, mucho cariño y no de mala manera, así como lo has hecho con los demás.

—Debo hacerlo —dice Akhaill—, los árboles me están ayudando, además nos dan el oxígeno, la naturaleza me acompaña, siento su esencia.

—Así es, hijo, debes ocupar mucho espacio y buena tierra para replantarlos, fue un gran esfuerzo que hiciste, ustedes se ayudaron mutuamente. Ahora refléjate en el árbol, primero fue arrancado por ti, pero tú no lo pisoteaste, lo hiciste por un bien y el árbol lo sabe, por eso no dudo ningún instante y confió en ti, todos lo hacemos, gran guerrero.

El guerrero escuchó las palabras del anciano y comprendió lo que le dijo, jamás dudar, lo imposible no existe, el esfuerzo constante y el entrenamiento duro darán los resultados.

## 20. Beelzebuth va por la lanza

Ya van más de dos años del duro entrenamiento de Akhaill con los ancianos y en la Tierra reina la paz momentánea, se olvidaron de los demonios, del gran guerrero y volvieron a su vida anterior. En las ciudades corruptas que no alcanzaron a estabilizarse, los más desposeídos sufren por la avaricia, ambición e injusticia de la sociedad y desigualdad establecida. Algunos líderes, pensando que Beelzebuth no realizará más ataques, comenzaron a despreocuparse de las personas. Mientras tanto, los demonios se están impacientando.

Beelzebuth pregunta a Kroon:—¿Cómo está la situación de los humanos?

—Su majestad, me informaron que la estabilidad emocional de los humanos volvió a la normalidad. No sienten miedo debido a que no hemos realizado más ataques, además están fabricando demasiados roboandroides, señor.

—Lo sé, —responde Beelzebuth—. ¿Cómo están los camaradas?

—Hambrientos señor —replica Kroon.

—Prepárate para la misión que te encomendaré.

—Sí, su excelencia —afirma Kroon obediente.

Mientras tanto, May continúa preocupada por el guerrero y la nula información sobre su paradero, si se encuentra bien y si de verdad está en esa montaña, ya ha pasado demasiado tiempo y a nadie le ha interesado tener noticias de su amigo.

May señala preocupada:—No entiendo Ivajjo, nadie está preocupado por los demonios y menos por Akhaill, siento tanta rabia e impotencia.

—No creas, yo estoy preocupado por nuestro líder, debemos ser pacientes y tener confianza en él. Tranquila May, además no te extrañes del comportamiento humano y su actitud de no preocuparse por los demás, sólo cuando aparezcan los demonios extrañarán a Akhaill.

—Ojalá no pase demasiado tiempo sin noticias de él.

—Yo creo que debes contactarlo tú como la actual guerrera al mando —interviene Jhonny Freeck—, deberás tomar una decisión tarde o temprano. Ha pasado mucho tiempo.

Las palabras de Jhonny inquietaron a May, el tiempo transcurrido es bastante. La guerrera se dirige donde la familia de Emily para informarles que están a punto de finalizar el entrenamiento y podrán acceder a algún escuadrón. May recibió palabras halagadoras de los maestros de la escuela por parte de los muchachos.

—Chicos, primero saludarlos y en lo segundo quiero felicitarlos por el excelente desempeño que han desarrollado en la escuela —les indica May—, en unas semanas más podrán graduarse e incorporarse a uno de los escuadrones.

—Gracias por tus palabras, pero hay algo que nos inquieta hace rato y es la nula información respecto a Akhaill. ¿Por qué no lo han contactado aún? —inquiere Penny.

—Déjame decirte que también estoy preocupada, pero él fue claro, no contactarlo a menos que sea una emergencia.

—Los demonios no han atacado, entonces si no atacan ¿no sabremos nada sobre él? —le replica Joey a May.

—Es algo muy complicado, debemos comportarnos como guerreros, nuestros códigos deben ser claros y respetados y Akhaill lo estableció así.

—Pensé que eras la persona más cercana a Akhaill —expresa Penny—, pero al parecer tú no le importas.

—Soy más cercana de lo que piensas y te lo repito, estoy preocupada, pero si quieren pertenecer a algún escuadrón deben portarse y actuar como tales.

May se despide de los muchachos y siente la presión propia y de los demás en contactar a Akhaill, así que decide comunicarse con su amigo. Su preocupación es cada vez mayor, son muchos meses sin noticias de él. Le envía un mensaje a su dispositivo, que comienza a realizar emisiones de ruido a distancia. La nave del guerrero y todas sus pertenencias se encuentran a los pies de las grandes cadenas de montañas, el guerrero continúa su entrenamiento cuando comienza a escuchar el sonido a lo lejos. Los ancianos lo autorizan a bajar y éste lo hace con mucha desesperación y preocupación, lo primero que viene a su mente es a Beelzebuth atacando y quizás de qué forma. Cuando llega con mucho esfuerzo a la nave, ve a su amiga y se emociona mucho.

—May, ¿cómo estás? ¿Qué ocurrió?, ¿Beelzebuth atacó? —pregunta Akhaill.

—Akhaill, tan sólo quería saber de ti —le responde May—, ha pasado demasiado tiempo, estaba muy preocupada.

El guerrero se molesta y le dice:—May, ¿por qué me haces esto?, ¿no confías en mí?

—Sí confío, pero necesitaba noticias tuyas.

—Estoy bien, entrenando muy duro, pero no debes contactarme, a menos que sea de verdad una emergencia, no debes interrumpirme, por favor.

May se sintió mal y responsable por distraer al guerrero, sintió la molestia de éste.

—Lo siento no te volveré a llamar a no ser necesario, adiós.

May corta abruptamente la comunicación, el guerrero se sintió afligido, sabe que fue duro, pero debe enfocar su carácter en el entrenamiento y no flaquear, pero de todas formas le encantó saber de su amiga. May, por su parte, se sintió muy tranquila, sabe que importunó a Akhaill y no se comportó como una miembro del escuadrón, pero su corazón está en paz.

Pasan los días y en el monte el gran guerrero continúa con el entrenamiento, en donde cada vez se acerca más a los objetivos y completarlos. Los ancianos lo alientan para que no decaiga, el gran demonio sólo puede ser derrotado por alguien a su altura y el duro entrenamiento que recibe es tan sólo la antesala para prepararlo a enfrentar a la bestia. Akhaill les pide a los ancianos que lancen sus piedras con la mayor de las fuerzas, que debe intentarlo, no puede seguir dudando, aunque si uno de los proyectiles diera en su corazón, podría matarle, los ancianos se preparan.

—Recuerda —señala Liito—, las meditaciones diarias que debes realizar a cualquier hora y lugar, la estancia en el cuarto y el conteo eterno para poder desdoblarte, el entrenamiento en el lago cuando debías atrapar a los peces con tus manos y la velocidad de los golpes de la bestia, pero además recuerda cuando estuviste nadando y tu cuerpo abandonó ese lugar, fue tal tu concentración, que por muchos minutos saliste de tu cuerpo. Ahora haz lo mismo, debes controlar la técnica del desdoblamiento con tu cuerpo, mente y alma.

En ese instante el guerrero comienza a concentrarse, a nublar su mente, sin distracciones. Los ancianos le preguntan si se encuentra preparado, él responde con un sí. En ese momento los tres ancianos le arrojan los verdaderos proyectiles y el guerrero los esquiva. Liito le dice que debe intentarlo varias veces más.

El gran guerrero no dudó y comenzó a concentrarse nuevamente. Los ancianos volvieron a lanzar y el guerrero los esquivó de una manera formidable, en donde al aproximarse uno de los proyectiles, estiró todo su cuerpo hacia atrás en una acción verdaderamente de contorsionista y muy rápida, los ancianos repitieron la acción en numerosas ocasiones y Akhaill las esquivó todas. Están todos muy emocionados por el avance del guerrero, ya había superado una prueba más de las asignadas. Paliho comenta que está a punto de dominar la técnica del desdoblamiento.

En ese instante comienza a escucharse nuevamente el sonido de aviso de comunicación.

El gran guerrero se dirige a las orillas del acantilado y comienza a descender, ya sabiendo que la comunicación es por una emergencia y ésta proviene de su colega en el escuadrón.

Ivajjo, se dirige a Akhaill:—Señor, ¿cómo está? Mucho tiempo sin saber de usted.

—Ivajjo, amigo, estoy bien, gracias por preocuparte, deja de lado las formalidades, ¿cómo estás tú, cómo están todos?

—Bien, extrañándote, bueno, casi todos, May Liu está desaparecida.

Akhaill pregunta desesperado:

—Qué estás diciendo. ¿Una guerrera como May se encuentra desaparecida?

—Lo sé, fueron los demonios quienes la raptaron, fui a su departamento y me percaté de que estaba muy desordenado y con un mensaje para ti.

En ese momento Ivajjo le muestra una grabación al guerrero que tomó del departamento de May, uno de los muros está raspado con un claro mensaje que dice: «Gran guerrero, te espero en la cima del ángel».—Todo indica que fueron los demonios, Akhaill.

—¿La cima del ángel?, gracias por la información Ivajjo, voy a averiguar dónde se encuentra el lugar.

—Señor, me parece que dejaron las coordenadas impresas en el muro, las revisé y corresponden a una especie de ruinas muy altas y alejadas de la civilización. Me huele a trampa, ten mucho cuidado Akhaill.

—Lo haré amigo —responde.

El guerrero fue a conversar con los ancianos, deberá dejar el entrenamiento momentáneamente y buscar la cima del ángel, en donde se encuentra su amiga. Se siente culpable, en la última conversación con ella fue riguroso. Existe una amistad, respeto y confianza, además de trabajar juntos con pasión y entrega. Akhaill y May son los más grandes guerreros que el mundo ha conocido. El guerrero debe ir en búsqueda de su gran amiga y compañera de mil batallas, debe obtener noticias y sólo lo hará si se dirige hacia aquel lugar.

—Quiero pedirles que me disculpen por favor —les expresa Akhaill—, pero mi mejor amiga fue raptada y la tienen los demonios, me esperan en la cima del ángel, debo dirigirme hacia ese lugar.

—Beelzebuth está allí, él te espera —dice Paliho—, pero no para enfrentarte, sino para sus propósitos.

—¿Cuáles propósitos? —pregunta el guerrero.

—Él quiere que retires la lanza del ángel de la muerte —dice Liito.

—¿La lanza del ángel de la muerte? Díganme por favor, ¿qué es un ángel? —pregunta Akhaill.

—Es un arma legendaria que utilizó el ángel de la muerte para acabar con los enemigos de Dios —aclara Samishei— y un ángel es un ser lleno de luz y bondad.

—¿Los enemigos de Dios?, ¿de qué hablan?, ¿cuál Dios?

—Hace miles de años, el pueblo del Dios, en que alguna vez creyeron los humanos, estaba siendo sitiado por enemigos, éstos eran más de ciento ochenta y cinco mil, triplicaban las fuerzas de su oponente, en ese entonces, el rey de los sitiados oró al Señor pidiendo ayuda. El Señor lo escuchó y en la madrugada mando al ángel de la muerte o destructor, como se conoce en otras culturas extintas. Al otro día, el rey del gran ejército despertó y encontró a todos sus súbditos muertos, sin ninguna marca, parecían dormidos, pero estaban muertos. La leyenda se expandió por todas partes, incluyendo el inframundo, en donde uno de los demonios observó la contienda. El ángel se presentó en gloria y fuego ardiente y con su lanza se llevó las almas de los soldados, sin ocasionar el más mínimo daño a sus cuerpos —le narra Liito.

—En el lugar de la contienda existe una elevación —agrega Paliho—, el ángel ascendió hasta la cima y no se llevó la lanza hacia los cielos, debido a que ésta se contaminó, así que la dejó estancada entre dos rocas y las fundió con su fuego para que nadie fuese capaz de retirarla.

—¿Por qué puedo retirarla yo y no Beelzebuth? —pregunta Akhaill.

—No es del todo posible que puedas retirarla —aclara Samishei—, aún no estás preparado para hacerlo. El demonio, por muy poderoso que sea, es incapaz de sacarla, debido al fuego que queda entre las rocas y ese fuego puede extinguir a la bestia, eso no significa que puede ser cualquier mortal capaz de arrancarla, debe ser un mortal ungido como lo eres tú, gran guerrero y Beelzebuth lo sabe, pero debes continuar con el entrenamiento, debes arrancar el árbol del pico de la montaña, esa es la prueba para poder retirar la lanza.

—Con esa lanza se puede hacer frente al poderío de las armas tecnológicas de los humanos y esclavizarlos por completo, dominando sus almas —Paliho aclara.

—Es una historia increíble —afirma Akhaill y luego pregunta— ¿Cómo la conocen si fue hace mucho?

—No preguntes —dice Liito—, nosotros no apartamos la historia de la humanidad, después del mega terremoto, los humanos tuvieron un comportamiento desleal contra su historia al esconderla.

—Así co afirma Samishei—, antes del desastre estuvieron a punto de descubrir los restos de una antigua civilización que era la más avanzada en todo ámbito y por la que los dioses sintieron temor, producto de su aplicada sociedad e inteligencia. Fue así que decidieron hundirla bajo el mar, esa civilización tenía respuestas, gran guerrero, pero los humanos decidieron olvidar todo, su pasado, sus raíces, todo.

—Disculpen por tantas preguntas, pero mi colega y mejor amiga, no tiene mucho tiempo —replica Akhaill—. Ustedes me dijeron que no dudara y no tengo dudas de que volveré y terminaré el entrenamiento, sólo les pido que confíen en mí, ella es una persona muy especial y de verdad no podré seguir, necesito saber de ella y que se encuentra bien.

El gran guerrero se marchó y fue en busca de May, en donde deberá enfrentar nuevamente a la bestia y con la promesa de volver a aquella montaña y terminar el entrenamiento. Los ancianos no opusieron resistencia ante la decisión del guerrero, las decisiones de una persona son propias y deben respetarse.

En las entrañas del inframundo, la bestia aguarda por noticias del guerrero y sigue sus pasos en donde ordenó a sus espías seguir cada movimiento del guerrero, los demonios que lo espían se encuentran cerca de la montaña de los sabios y se percataron de su salida del monte, avisando mediante extraños ruidos que son percibidos a distancia por sus demás camaradas y que a su vez retransmiten el mensaje, este tipo de comunicación es esencial entre las bestias y es utilizado a kilómetros de distancia.

—Me indican —señala Kroon—, que el guerrero salió de la montaña de los ancianos, señor y va en dirección de la cima del ángel.

—Bien acompañadme con seis camaradas más, debemos hacer que sienta pavor y humillación al máximo —expresa Beelzebuth.

—Sí su excelencia y disculpe la acotación, el guerrero ha estado entrenando más de dos años con los ancianos y si llegase a retirar la lanza, ¿se volverá peligroso? —pregunta Kroon.

—Bien acotado, pero debes saber que el fuego celestial que emana de las rocas es capaz de destruir a cualquier criatura, sea hombre o bestia. El guerrero podrá tener la capacidad de sacar la lanza, pero jamás resistirá el fuego que emanará, ni siquiera yo, y si no logra sacarla, lo mataré y atacamos con todas nuestras fuerzas a los humanos. Dhoon, quedas al mando.

—Sí su excelencia.

Eduard quería ir al encuentro, pero la gran bestia dijo otra cosa. Fue una larga travesía para encontrar el lugar, cuando llegó, vio a su amiga parada y en buen estado, al bajar de la nave no tuvo palabras inmediatas, sólo miradas, se miraban fijamente, sintiendo alivio por verse. El guerrero le pregunta si está sola, al instante se sienten risas muy siniestras y a destajo de todos los demonios.

—Siento defraudarte —dice Beelzebuth—, pero no lo está (mientras ríe con los demás demonios). Tanto tiempo sin vernos, gran guerrero.

—Lo mismo digo, magno demonio —responde Akhaill.

—Déjame decirte que me da gusto verte, muchas lunas —dice Beelzebuth—. Si bien significan como un soplido para mí, lo sentí tan extenso, como si hubiesen sido siglos, ese tiempo es suficiente para aguantar el duro entrenamiento de los ancianos, para que puedas sacar la lanza y así derrotarme.

(Ríen los demonios).

—De verdad —expresa Akhaill—, ¿crees que soy capaz de sacarla?

(Siguen riendo los demonios).

—Creo que eres capaz de retirarla (risas), de lo contrario no habríamos viajado demasiado mis súbditos y yo (muchas risas).

—Si tanto les divierte, ¿por qué no la retiras o alguno de tus camaradas?

Ohhhhhh, gimen burlescamente los monstruos.

—Somos impuros, aunque no tanto como los humanos —replica Beelzebuth—; son escorias y alimento barato de bestia.

—Calla asesino, eres un ser despiadado —afirma Akhaill.

—¿Acaso los humanos se alejan de nuestro comportamiento?, ustedes siempre han sido despiadados consigo mismos, además dejadme decirte que si no logras retirarla, no me importa, los asesinaré y así los humanos perderán a los dos referentes más importantes, como lo son tú y la mujer, un golpe del que no se repondrán y me será más fácil aniquilarlos, nosotros, las bestias, sólo gozamos de su carne.

(Ja, ja, ja, ja, ja, ja, ríen demasiado los monstruos).

—Debo suponer —dice May—, que la gran bestia es un cobarde, sabe que Akhaill está entrenando de buena forma con los ancianos y que las ciudades están organizadas.

—Tú lo has dicho, pero no he sido igual que ustedes y no he subestimado a los humanos —señala Beelzebuth—, estoy consciente de su inteligencia y me asombra, por lo mismo sé que están fabricando chatarras y armas a destajo para derrotarme, así que no puedo quedarme quieto, debo actuar. Con la lanza o sin ella.

—¡Ya calla! —Akhaill exclama.

Y en ese instante el guerrero ataca con todas sus fuerzas al demonio, en donde logra golpearlo más rápido y con mayor fuerza que en la primera batalla, May se une para apoyarle, pero Kroon se interpone y comienza a combatir con ella, los demás demonios no intervienen. El gran demonio se recupera y logra esquivar los ataques de Akhaill, quien sigue dando lucha, pero empieza a desvanecerse y el demonio recupera sus fuerzas y comienza a contrarrestar con su inmenso tamaño y fuerza. Akhaill está oponiendo mayor resistencia que la vez anterior, pero poco a poco comienza a ceder. Al igual que May Liu, quien estaba derrotando a Kroon, pero es uno de los demonios más poderosos, no se puede dejar vencer tan fácil y comienza a frenar los ataques de May conteniéndola. Beelzebuth reduce a Akhaill, lo arroja sobre las rocas que sostienen la lanza y se posa encima de él enterrando una de sus largas y filosas garras en el hombro del guerrero, a su vez May, de igual forma, está siendo vencida por Kroon, quien la tiene herida a una orilla del acantilado, está a punto de caer.

—May, resiste —ruega Akhaill—. Quítale las sucias garras de encima, asqueroso monstruo.

(Ríen los demonios).

—Déjame decirte, estoy muy sorprendido con tu ataque —expresa Beelzebuth—, se notó de verdad el resultado del entrenamiento con los ancianos, pero no creas que puedes venir a derrotarme, fue muy imprudente de tu parte, si quieres que tu amiga viva debes retirar la lanza y derrotarnos.

El demonio mantiene reducido al guerrero a un costado de la lanza, lo aprieta con una de sus grandes y filosas garras, incrustándola sobre él y dañándolo. May mira cómo ella y su amigo están siendo nuevamente vencidos y no pueden hacer nada, ve cómo el demonio daña a su amigo, que clama por ella. «May, May», dice mientras gime de dolor.

—Kroon, arrójala —ordena Beelzebuth.

El demonio la arroja y el guerrero humillado, enrabiado y colmado, saca la lanza de las rocas con un rugido de león desafiante, el fuego no lo consume y Beelzebuth queda muy sorprendido, al punto de no moverse. En ese entonces, el fuego extingue a los demonios que estaban cerca y Akhaill, con la lanza, aniquila a dos más, en ese instante ataca con todas sus fuerzas a la bestia y Kroon, en una jugada veloz y ágil, logra golpear al guerrero, quien tropieza y no logra golpear de lleno a Beelzebuth, pero sí lo hiere. Éste resbala por el precipicio junto con la lanza, cayendo en diferentes direcciones, Kroon se lanza a rescatar a su líder y se pierden en el fondo del precipicio al igual que la lanza. En ese instante el guerrero acude desesperado a la orilla del acantilado a ver a su amiga, le grita con desesperación y cuando está a punto de bajar, se escucha un gemido de la guerrera pidiendo auxilio a su amigo.

—Estoy aquí —dice Akhaill—, dame tu mano.

Logra sacarla y se abrazan como nunca, están muy atemorizados, no sólo por lo acontecido, sino el hecho de perder el uno al otro. Hay más que una amistad, pero no lo asimilan.

—Debemos volver May y prepararnos —le dice Akhaill—, la bestia no fue vencida y te necesito a mi lado para destruirlos.

May expresa decidida:—Aquí estoy, juntos los derrotaremos, con esperanza y con todas las buenas energías atraeremos y pediremos a nuestros antepasados en los mares, en la tierra, en el aire y en donde exista un ser que pueda ayudarnos. Esto es una guerra entre el bien y el mal.

Desde los cimientos…

www.ingramcontent.com/pod-product-compliance
Lightning Source LLC
LaVergne TN
LVHW091550060526
838200LV00036B/776